Opal
オパール文庫

嫌われ花嫁なはずなのに、なぜか熱烈に愛されています!?
御曹司社長とあまずぎる新婚生活

玉紀 直

プランタン出版

※本作品の内容はすべてフィクションです。

プロローグ

「俺は、おまえと結婚することにした」

耳を疑った。

というより、今のは幻聴ではないかと、遠藤菜々花《えんどうななか》は思う。

聞き違いや幻聴の可能性があるなら、聴覚の不調を疑うべき。

両耳の孔に小指を突っこみ、ぐりぐり掻きたい。そして再度、本当に耳の不調なのかを確認したい。

しかしそれでは、人様の前で耳の孔に指を突っこむ行儀の悪い女になってしまう。

目の前にいるのが、長いつきあいで気心が知れた友だちならその程度は許されるのだが、残念ながらつきあいは長くても気心は知れていない。

——かつて、知れていた時期もあったのだが……。

今では彼――花京院湊士《かきょういんそうじ》には嫌われているはずだ。

花京院家の広大な敷地内、本邸と並ぶように君臨する別邸は、ほぼ湊士専用といっても過言ではない。

その二階に彼専用の書斎がある。

高い天井にアンティークな調度品。超有名な海外の推理小説なら、ここで殺人事件が起こりそうなほど重厚な雰囲気だ。

本革張りの肘掛け椅子にゆったりと腰かけ、一八五センチの長身に見合う長い脚を大きく組む彼は、仕事から戻ったばかりなのだろう。上質な三つ揃いのスーツに、整った体軀を包んだままだ。

整っているのはスタイルだけではない。

花京院湊士は、とんでもなく顔面の造形がいい。

この世に生を受ける際、よっぽど神様の機嫌がよかったのだろうと羨むレベルのイケメンだ。

三十歳という年齢もあって、そこに大人の落ち着きがプラスされ、紳士然としたところがとてもとても秀逸である。

そんな容姿に加えて、花京院コンツェルンの御曹司にして次期総帥。筆頭企業である【KKU《ケーケーユー》商事】の社長なのだ。

当然、呆れるほどモテる。……らしい。

大学時代や仕事中の湊士を知っているわけではないので噂話程度の情報しかないが、彼がモテるなんて聞かなくてもわかりそうなことだ。

おまけに幼少のころから婚約者候補が十人もいる。

そのうちのひとりだ、菜々花だ。

これはもう、神様の嫌がらせとしか思えない……。

菜々花の家は、代々花京院家に庭師として仕えてきた。祖父や父が出入りしている縁があって、菜々花も幼いころから湊士を知っている。

四歳年上の幼馴染だ。湊士はひとりっ子だったせいか、妹のように菜々花をかわいがってくれた。

そんな彼に、菜々花の恋心は大きく育まれていく。

ふたりはとても仲がよかった。

――あのときまでは……。

(どうして、嫌っているわたしにそんなこと)

湊士が座る椅子から三メートルの距離をとり、菜々花は立ちすくんだまま彼を凝視する。

握りしめた両手には汗がにじんでいた。

「あの……」

「結婚式はいつにする？　菜々花にこだわりがあるのならそれに任せる。クリスマスがいいとか、自分の誕生日に合わせたいとかあるか？」

「あのですね……」

「俺は早いほうがいいと思っている。挙式はあとにしても、入籍は先にしたい」

「湊士さま……」

「思い立ったが吉日ともいうし、善は急げだ。明日にでも入籍しよう。ああ、結納とか気にするな。結納品がそろったら遠藤家に届ける。お互い見知った仲だ、いまさら顔合わせとか必要はない」

「いや、だからですね、そんなことをいきなり……」

「もしかして入籍日にもこだわりたいとか？　そうだな、入籍日というのも一種の記念日だ。しかし俺は今日にでも入籍してしまいたいくらいなのだが」

「そんなことじゃなくてですね……！」

「なに？　入籍日なんてどうでもいい？　よし、今すぐ入籍しに行こう！」

「人の話を聞いてっっっ！！！！」

意気揚々と椅子から立ち上がった湊士を、菜々花はやや興奮気味に制止する。

……のはいいが、口のききかたに問題ありだ。天下の花京院湊士殿に対して発していい言葉ではない。

慌てて取り繕おうとしたが、当の湊士がクッと喉を詰まらせて笑ったことで菜々花の緊張がゆるむ。

（湊士さん……笑った？）

――久しぶりに、彼の笑みを見た気がする。

「懐かしいな。昔はよくそうやって菜々花に怒られたものだ」

「昔の話です」

「明日入籍する。入籍がてら食事に行こう。夕方、迎えに行く」

「だから、人の話を……」

まったくこちらの話を聞こうとしない。昔から人の話を聞かないところはあったが、こんなにひどかっただろうか。

聞かないというより、ワザと無視しているようにも感じる。

反論しようとした言葉は出しきらないまま止まってしまう。湊士がいきなり近づいてきたからだ。

とっさに距離をとろうとしたが、動きは湊士のほうが速い。腕を摑まれ腰を引き寄せられて、――唇が重なった。

なにが起こったのか、一瞬わからなかった。それでもハッと気づいたときには唇は離れ彼に抱きしめられていたのだ。

「ちょっ……、湊士、さまっ……」

「俺と結婚すれば、おまえにとってもいいことがたくさんある」

「いいことって、なんですかそれ、そんなものあるわけが……」

「ある。――」

耳元で囁かれたのは、悪魔の言葉。

ハッとして彼を見ると、美しい顔が狡猾に微笑む。

――そして、美しい悪魔は、絶対に菜々花が断れない条件を提示したのだ。

第一章　嫌われ者が花嫁になった理由

とんでもない人物に突拍子もないことを言われた翌朝。

目が覚めた瞬間頭に浮かんだのは、昨日のことは夢だったのではないかという実に都合のいい思考だった。

そうだ、きっと夢に違いない。しかし、なんという罰当たりな夢をみてしまったのだろう。

湊士に結婚宣言を受け、すぐ入籍しようと言われ、キスをされて――。

「うわぁぁぁ……」

自室のベッドで上半身を起こし、頭を抱えて菜々花はうめく。

（キスされる夢とかみちゃったよ……。湊士さんが、わたしにそんなことするわけがないのに。なんなの、なんなの、さっさと結婚してくれないかなとか思っていたからって、自

分と結婚するパターンの夢にしなくてもいいでしょうが)

さっさと結婚してくれ。

菜々花は常々、湊士に対してそう思っていた。

もちろん、菜々花を除いた他の婚約者候補の誰かと、である。

湊士が結婚相手を決めてくれたら、菜々花は婚約者候補という重い荷を下ろせる。他の候補令嬢たちから笑いものにされることもなくなる。

――――さっさと結婚しろ！　いい男だからって、いつまでも遊んでんじゃない！

心の裡で、何度そう叫んだことか。

いくら三十路になっても結婚の意志を感じないからって、湊士が結婚を決めた相手を自分にしてはいけない。

普通ならば初恋の人と結婚できるかもしれないなんて、たとえ夢でも嬉しいものだろう。

しかし菜々花はそんなことなど考えられない。

いや、考えてはいけないのだ。

そんな権利はないのだから……。

「忘れよう、忘れよう、はい、忘れたっ」

呪文をかけるようにブツブツ呟き顔を上げる。しかし一度呟いただけで忘れられるわけもなく、相変わらず夢の内容が脳裏でぐるぐる回っている。

——キスをされたあと、湊士はとんでもないことを囁いた。

——結婚すれば、菜々花は花京院コンツェルン次期総帥たる俺の妻だ。遠藤の両親は一生安泰、弟も気兼ねなく大学へ行ける。おまけに菜々花が計画を進めているフラワーカフェも支援してやれる。

「悪魔……」

再び頭を抱えてしまった。

現状、気がかりなことがたくさんありすぎる。その悩みから逃れたくて、夢の中の湊士にあんなことを言わせてしまったのかもしれない。

絶対に断れない内容だ。実際、夢の中の菜々花はなにも言えなくなり、「明日、仕事が終わったら迎えに行く」と告げられて逃げるように湊士の前から立ち去った。

……いや、少し違う。

逃げるように、ではなく、逃げたのだ。

返事もせずに立ちすくむ菜々花に向け、湊士が発したひと言に耐えられなかったから。

『どうした？　帰りたくないのか？　俺は構わないぞ、じゃあ、今夜は婚前交渉といくか』

思いだしたら頬が熱くなってきた。婚前交渉とは。なんて言葉を使ってくれるのだろう。

「……ったく、これだからモテる男は。男女の神聖な交わりをなんだと思ってんのよ。性教育やり直してこいっ」

と、夢の湊士に文句を言ってみるものの、偉そうに語れるほど性行為を神聖化しているわけではない。

むしろ未経験。菜々花は処女である。キスの経験さえない。……夢でされたようだが、ノーカウントだ。

一応婚約者候補という立場なので、異性との交遊には気をつけるようにと言い渡されていた。しかし気をつけるもなにも、異性と親しくなるきっかけもなかったのだから、交際経験などあるはずもない。

そんな菜々花に「婚前交渉」などという言葉は、限りなく羞恥心を攻撃されるものだ。

いきなり不穏な音楽が響く。不可思議なテーマを取り扱った、人気テレビドラマシリーズの有名なＢＧＭである。

聞けば誰もがその番組を思いだすだろう。しかしテーマがテーマなので曲調が不穏というか不気味なのだ。

そんな音楽がどこから聞こえるのかといえば、枕元に置かれた菜々花のスマホから。

この曲が着信メロディとして登録されている相手はただひとり。――湊士だ。

しかし、こんな朝からなんの用だろう。彼の夢をみた朝に本人から電話がくるとか、いやな予感しかしない。

応答したくない。しかし、しないわけにはいかない。花京院湊士さまに対して居留守を使うなど万死に値する。

「お、おはようございます、湊士さま」

『遅い』

氷のように冷たく突き刺さる第一声。

『十コール近く待った。俺からの電話には三コール以内に出ると菜々花が言っていたはずだが？』

「申し訳ございません……」

（いつの話ですかっ。それって、中学生のときの話でしょ）

心の裡では反抗しつつ、菜々花はスマホを片手にその場で正座をする。背筋を伸ばして深く息を吸いこんだ。

『今、いつの話をしているんだ、面倒くさい……とか、思っただろう』

「めっそうもございませんっ」

（なんでわかったんですか！）

もしかしたら本人も、古い話を出してしまったと気まずさを感じているのだろうか。

……しかし、気まずそうに困った顔をしている湊士が想像できない。

都合のいい予想は、あえなく却下である。

『まあ、いい。今日は夕方の四時ごろに迎えに行く。用意して待っているように』

「迎え……？　誰のですか？　あっ、父ですか？」

『なにをとぼけたことを言っている。今日は入籍しに行くと昨日言ってあっただろう』

「は？」

不思議そうな声を発したまま、会話が止まる。

いやな沈黙が流れ、菜々花は血の気が引いていくのを感じていた。

（夢じゃ……なかった……？）

『とぼけた、というか寝ぼけているのか？　夢と現実の区別がつかなくなったというところか。その様子だと、入籍の話は夢だと思いたかったと？』

「めっそうもございませんっ」

はい、そのとおりです。……とは言えない。間違っても言えない。

「おっしゃるとおり起きたばかりでして、寝ぼけて失念しておりました。はい、それだけですっ」

『それならいい。ところで、俺が迎えに行くと言ったのは何時だった？』

「え？　四時ですよね。湊士さまこそどうしたんですか、ご自分で言って忘れたんですか？」

『俺が忘れるわけがないだろう。菜々花がちゃんと覚えたか確認しただけだ』

「申し訳ございませんっ」

『俺は、自分が言ったことは忘れない』

「そうですよね、湊士さまは記憶力も秀でていらっしゃいますので」

『……それだから、結婚を決めたのに……』

「はい？」

菜々花のセリフと重なるように出した言葉がよく聞こえなかった。彼の言葉を聞き逃して、もし大切なことだったら大変だ。

「すみません、もう一度……」

『入籍のあとは食事に行く。大切な日だ、仕事の予定などは入れないように』

「はい……わかりました」

どうやら繰り返してくれる気はないようだ。しかし返事をしなくてはいけないようなものではなかったようで、心ひそかにホッとする。

『菜々花』

「はい」

『嬉しいか？』

「なにがですか？」

――沈黙。

（あれ？　なんか大事なことだった……？）

しかし、いきなり嬉しいかと聞かれても、主語がないのでなにに対して嬉しいかと聞かれているのかがわからない。

いやしかし、〝天下の花京院湊士さま〟のお言葉を察することができないのは問題である。

己が境地に立たされていると察した菜々花は、ハッとして脳髄が沸きたつほどに頭をフル回転させる。

この状況からして、もしや、――一緒に食事に行くのが嬉しいかと聞かれたのではないか。

「あの……」

『まあいい。では、用意しておくように』

「あっ、ああああ、湊士さまっ!?」

確認することも答えることもできないまま、菜々花の焦りだけを置き去りにして通話は終わる。スマホを見つめ、菜々花は眉をひそめた。

「……湊士さま……いつも以上に意味不明……」

一緒に食事に行けて嬉しいかと聞かれて「嬉しくない」と答える選択肢など許されてはいない。そもそも、嬉しくないわけがない。

――初恋の人なのだから。

胸の奥から顔を出しそうになった想いを息を止めてぐっと抑え、次に大きく深呼吸をする。

それよりも大変なことが発覚してしまった。

結婚は、夢ではなかったのだ。

夢だと思いこんで自分をごまかそうとしていたというのに。無駄に終わってしまったようだ。

(だって、夢としか思えないじゃない。なんでわたし？　よりによってわたし？　わたし、湊士さんに嫌われてるんだよ？)

スマホを持ったまま両手を握りしめ、背中を丸める。まったくわからない。もしやなにかの嫌がらせなのだろうか。

思い悩む思考は、床を踏み抜かんばかりの大きな足音が耳に入るなり切り替わる。何事かと驚いて背筋を伸ばし、キョロキョロと周囲を見回した。

「ななかぁ!!」

「菜々花っ」

「ねーちゃん！」

いきなり部屋のドアが開き、三者三様の叫びかたで飛びこんできたのは両親と弟だった。

「ななかっ、おっ、おまえ、坊ちゃんと結婚するって⁉」

「今、花京院の奥様からお電話があって、もう、ビックリしたわ～」

「姉ちゃん、あいつのこと嫌ってなかったっけ？」

驚きを顔いっぱいで表現し詰め寄ってくるガタイのいい父、茂彦《しげひこ》。驚きつつもオロオロする小柄な母、清枝《きよえ》。驚きもオロオロもしないが呆れ顔で苦笑いをする日本人の標準を体現したような弟、夏彦《なつひこ》。

実に性格に合った現れかたをしてくれたが、両親の視線は菜々花から暴言を吐いた夏彦へと移る。

「なつひこ！　おまえ、なんてことを言うんだ！　坊ちゃんを嫌う人間がこの世にいるわけがないだろう！」

「えー、おれ、あいつ嫌いだけど」

「夏彦っ、口が裂けてもそんなこと外では口にしちゃ駄目よっ！」

「裂けたら痛くて声も出ないんじゃない？　知らんけど」

両親を軽くかわし、夏彦だけが菜々花を見る。時間的に登校前なので彼は高校の制服姿だ。

「で？　姉ちゃん、マジで結婚すんの？」

そのひと言で両親の視線は戻ってくる。湊士から電話がきた同じようなタイミングで花京院家の奥方から両親に話が通ったらしい。

これでは、なにを言ってもごまかせない。

「うん……する、みたいだね」

「なにそれ。他人事じゃん」

「実感がないっていうか。意外すぎて」

「じゃあ、やめなよ」

非常にあっさりとした弟である。答えを出すのが速くて羨ましい限りだが、もちろん脇のふたりが物申す。

「おまえは黙ってろっ」

「しゃべったら、今晩のご飯、おかずナシだからね！」

今夜のメニューがなんなのかはわからないが、おかずナシはつらいだろう。もちろん、食べ盛りの成長期はグッと唇を引き結ぶ。

軽く話せる相手が脱落してしまった。菜々花は腹を決めて両親に向き合う。

「……なんの気まぐれなんだか知らないけど、昨夜、湊士さんに言われた。わたしと……結婚するつもりだって」

「どうして昨夜のうちに話してくれなかったの？　奥様からの電話で、お父さんなんか驚いて腰抜かしちゃったんだから」

今度は菜々花が母の言葉に驚く。腰を痛めて極力安静中の父が、腰を抜かした、は一大事ではないのか。

「ちょっと、お父さんっ、腰抜かしたとか、腰っ、大丈夫なのっ!? って、なんで作業服着てるの？ 安静にするって約束したばっかでしょう!?」

制服姿の夏彦、エプロン姿の清枝、あまりにも日常そのものの光景だったので深く考えていなかったが、茂彦は作業服姿だ。

花京院家の庭を取り仕切る庭師の家系として、代々続いてきた遠藤家。【有限会社遠藤造園】という小さな看板だけは掲げているが、仕事のほとんどは花京院家にかかわるものだ。

茂彦は腕のいい庭師なのだが、数年前に腰を痛め、ときどき痛みがぶり返す。特に季節の変わり目はつらい。

先日、来年の花のためにも梅の剪定《せんてい》をしなくてはならないと仕事に出かけ、頑張りすぎて腰を痛めて仲間に担がれながら帰ってきた。

無理な作業は仲間に任せておけばいいものを、彼の職人魂がそれを許さないらしい。

『あの梅はなぁ、坊ちゃんが生まれたときにオレが植えたんだ！ オレがお世話をする責任がある！』

仕事にかける姿勢は素晴らしいが、それでさらに腰を痛めていては元も子もない。

というよりは、腰の症状はヘルニアからもきているので全快は見込めない。騙し騙し、様子をみながら仕事をしていくしか手はない状態なのだ。

おそらく【遠藤造園】は茂彦の代で終わりだろう。花京院家の庭師としての仕事は、今まで一緒にやってきた仲間たちが引き継いでいく。

父の作業服姿に驚いてベッドからずり落ちそうになった菜々花だったが、娘の心配をよそに茂彦は胸を張った。

「馬鹿野郎っ、娘が坊ちゃんの嫁になるって知ったためでたい日に、家で茶なんか飲んでられるかっ。仕事してくるっ」

「し、仕事って……腰が」

「いい報告を聞いて腰の痛みなんざ吹っ飛んでった！　そうかそうか、坊ちゃんが菜々花を……」

病は気からとはよくいうが、嬉しさのあまり痛みや苦しさを忘れているだけだと思う。

おまけに勢いづいたあと、茂彦は感慨深げに目元を押さえる。そんな反応をされるとよけいに困ってしまう。

なんにしろ無理は禁物だ。

感動もひとしお。茂彦は威勢よく作業服の襟を引っ張る。

「よしっ、行ってくる。母さん、今夜は熱燗で頼む」

「わかってますよ。お父さんが好きなもつ煮込みも用意しておきますからね」

熱燗ともつ煮込みでテンションが上がった茂彦が、お見送り隊に手を上げて応えながら部屋を出ていく。話題を考えれば主役は菜々花だったはずなのだが、すっかり持っていかれてしまった。

「単純だよね、父さん。まあ、そこがいいところなんだけど」

ドライなひと言を発する夏彦の背中を、清枝がパシッと叩く。

「お父さん、嬉しいのよ。ずっとお世話になってきた花京院家との結婚相手に菜々花が選ばれるなんて、本当に夢みたい」

「夢ならよかったのにな。なあ、姉ちゃん」

話はふいに菜々花に振られる。痛いところをついてくるというか、さすがは弟、よくわかっている。

父が腰を抜かしたと聞いてすっかり話題はそれてしまったが、両親に結婚の話をしていなかったのはまさしくそれが原因だ。

「ん〜、わたしも……実は夢だったんじゃないかって思っててさ……。昨夜、湊士さんに言われたのはいいけど、なーんか幻覚でも見ていたんじゃないかって気分で現実味がなくて、とりあえず寝て起きたら昨夜のあれは夢だって思いこんでいて……。だから、お父さんにもお母さんにも言えなかったんだよね」

「なんだよそれ、姉ちゃんヘンな薬でもやってるみたいになってるじゃん」

夏彦がゲラゲラ笑う横で、清枝が大きなため息をつく。

「夢なんて思わなくてもいいじゃない。坊ちゃんはずっと菜々花を気にかけていてくれたんだし、奥様も言っていたよ、『菜々花さんがお嫁さんになってくれるのは本当に嬉しい』って」

「奥様が？」

「うん、お知らせをもらって、お父さんが張りきっちゃってね。花京院家へ嫁に出しても恥ずかしくない準備をしないと、って。でも奥様、そんなことは考えなくていいって、『菜々花さんは、その身ひとつで湊士さんに嫁いでくださるだけでいいんです』って言ってくださって」

「まあ確かに、あんな金持ちン家に嫁に出す準備なんて、うちにできるわけねーもんな。環琥《たまこ》さん、いいこと言うじゃん」

「夏彦っ、奥様って言いなさいっ」

下手をすると菜々花が口にしてしまいそうだった事実を、遠慮なく夏彦が口にする。母の注意は入るものの、まったくもってそのとおりなのだ。

天下の花京院コンツェルンに嫁入りさせるとして、俗にいう「恥ずかしくない準備」など遠藤家の全財産を投げうったってできっこない。

注意はするが、そのあたりは母だってよくわかっている。いや、母だからよけいにわかっている。ゆえに片手を頬に添え、何度目かのため息をついた。

「奥様のお気持ちはありがたいけど、お嫁に出すんだもの、少しでもなにかしてあげたいと思うものなのよ。だからお父さんも張りきってるの。嬉しいじゃない、やっぱり」

「見栄じゃん、そんなの」

「またそういうことを……。ああ、そうだ、嬉しいといえば先日の模試、夏彦の順位がよかったから先生に今より上の大学を目指せるって連絡をもらっていてね。それもお父さん嬉しかったらしくて、張りきってた」

「父さんが張りきる必要なんかねーよ。おれは奨学金申請してバイトしまくって大学を出るって決めてるんだ。成人してまで親のスネかじる気はねーから、安心しとけ」

「そんなこと考えなくても……」

「あー、朝メシ食わねーと遅れる。やベーやベー」

いつの間にか話の矛先が変わってしまった。それを避けるかの如く夏彦はそそくさと部屋を出ていく。息子の姿が消えたドアを眺め、清枝は諦め気味に笑う。

「あんなことばっかり言うんだから……。菜々花もご飯食べて。仕事、あるんでしょう?」

「うん、わかった」

清枝が出ていくと急に室内が静かになる。今までの騒がしさが耳に残っているせいか、なんとなく落ち着かない。ベッドから出て思いきり伸びをした。

大きく息を吐いて、ベッドの端に腰かける。両親や夏彦の様子が頭から消えなくて、胸が苦しくなってきた。

終始ドライな軽口をきいていた夏彦。はたから見れば高校二年生という思春期特有の反抗期にも感じるだろうが、まったく違う。

あれは、両親と菜々花に対する思いやりだ。

【遠藤造園】は、それっぽい屋号はあるが、ひとり親方で成り立っている。スケジュールや事務は母が手伝っているし、ときどきアルバイトが入るくらいで他に従業員がいるわけでもない。

昔は祖父も一緒にやっていたが、今は花京院一族所有の別荘地で庭をいじりつつ管理人として隠居生活を送る身だ。

大きな仕事のときには同じくひとり親方仲間が集まる。ときに協力して仕事をするが、単体仕事のほうが多い。

それなのに、身体の故障のせいで動けない、仕事量を減らさなくてはならない。ひとり親方にとっては絶望的だ。

現実的なことをいえば、働かなくては収入がない。しかし以前のようには働けない。当然、収入は減る。

菜々花はいい。すでにフラワーコーディネーターとして独立しているし、職場に近いからという理由で自宅に住み続けてはいるが、家を出てもやっていける。

しかし夏彦は高校二年生。来年は三年生で大学受験を控えている。

家業の流れでいくなら、夏彦は父の技術を受け継いで庭師への道を歩むはずだった。それが、代々花京院家の専属として仕えてきた遠藤家の決まりだったのだ。

だが、夏彦はそれを拒否した。

大学を出て、国家公務員になる。安定した職に就いて人生を歩むのが目標だと、小学生のころから言い続けている。

その目標は揺らぐことなく、弟は非常に成績優秀だ。かつて菜々花が目指して落ちてしまった高校へも、塾へ通うこともなく自力で合格した。

奨学金とアルバイトで大学に通う。そんなことを言いだしたのは、父親を気遣い、母親や菜々花によけいな気を揉ませないためだ。

特に菜々花が自分の店を持ちたくて頑張ってきたことを夏彦もよく知っている。下手をすれば自分のせいでその夢を諦めさせてしまうのではと危惧しているのだろう。

ドライな態度を崩さないまま、その実、家族想いすぎる九つ年下の弟が、菜々花はかわいくてたまらない。

――それだからあのとき、なにも言えなくなってしまったのだ……。

『結婚すれば、菜々花は花京院コンツェルン次期総帥たる俺の妻だ。遠藤の両親は一生安泰、弟も気兼ねなく大学へ行ける。おまけに菜々花が計画を進めているフラワーカフェも支援してやれる』

悪魔の囁きであることこのうえない。

湊士と結婚する。それだけで、菜々花どころか両親や夏彦の気がかりも解決してしまう。願ってもない条件ではある。けれど、やはりわからない。

湊士はなぜ、嫌っている女を妻にしようなんて考えたのだろう。


「あああ～、菜々花さん、おはようございます～、大変なんですよぉ」

【フローラデザイン企画】のオフィスに入ると、いの一番に聞こえてくる声。派遣社員一年目の山花美衣子《やまはなみいこ》、毎朝の恒例行事だ。

今日はいったいなにが「大変」なのだろう。

コーヒーを淹れたと思ったらココアだったとか、家で焼いたクッキーを持ってきたと思ったら干しシイタケのパックだったとか、花の仕入れ数をゼロひとつ間違えたとか。……最後のは本当に大変なので、勘弁してほしいところ。

ちなみにこの三例は、実際に美衣子がやらかした事案である。

「おはよう、美衣子ちゃん、今日の『大変』はなにかな？」

デスクに鞄を置きニコッと笑うと、両手握りこぶしで駆け寄ってきた美衣子もニコッと笑う。

デザイン系の専門学校を出て派遣になった彼女は、まだ二十一歳。小柄であどけない雰囲気のせいか、こうして無邪気な笑顔を見せられると夏彦と同い年くらいに思えてしまい、よけいにかわいい。

しかしときに、そんな笑顔で彼女は菜々花の気持ちをえぐるのだ。

「昨日、花農家の垣田《かきた》さんから連絡があって、菜々花さんが発注していたお花が期限にそろわないらしいんです。なんでも大口発注が入ってしまっているらしくて」

笑顔が固まる。その顔のまま、菜々花はポンッと美衣子の肩に両手を置いた。

「……昨日の……いつ？　の、電話？」

「菜々花さんが帰って……三十分くらい、ですかね？」

そのくらいなら戻ってこられた。いやたとえ戻ってこられなくても、早急に代替案を検討すべき案件だ。

（連絡くらいは欲しかった！）

「美衣子ちゃん、あのね……」

ひと言注意をうながそうとした。……が、そこで菜々花は昨日の自分を思いだしたのだ。

『ちょっとお家《いえ》の一大事で、今夜は連絡がつかないと思います。明日出社しなかったら手討ちになったと思ってください』

血の気が引いた顔で、そう言ってオフィスを出た。

美衣子をはじめ、社長も事務スタッフもデザイナーも、菜々花があまりにも深刻な顔をしていたからなのか、ただ単に呆気にとられただけなのか言葉が出なかったようだ。

冗談抜きで、人生ここで終わりか、という気分だったのだから仕方がない。

なんといっても天下の花京院コンツェルン。目障りな庶民ひとり社会的に抹殺するなど造作もない。——実際に抹殺はしないだろうが、そう思えるくらいのものがあるのだ。

昨日の夕方、湊士本人から電話がきた。いったい何年ぶりだろう。軽く十年以上、彼直々にかけてくるなんてことはなかった。

湊士に嫌われる決定的な出来事のあとから、彼は本当に遠い存在になってしまっている。もともと、花京院家の御曹司というだけで遠い存在ではあった。幼いころに縁があってかわいがってもらえていたのは奇跡に近い。

三メートル以上は近づかないと固く心に決めている人。そんな人から「話があるから、仕事が終わったらすぐに屋敷へこい」と電話がきた。

これはもう、手討ちになるしか見当がつかない。

辞世の句でも詠もうかと考えながら湊士がいる別邸へ向かったのだ。

（連絡なんか、できる雰囲気じゃないか……）

美衣子は気を使ってくれたのだ。花農家から連絡がきたのは社長も知っているかもしれないが、きっと菜々花はスカイツリーから飛び降りそうな顔をしていただろうし、連絡は控えようという話になったに違いない。

「連絡がつかないとは言われていたんですけど、一応電話したんですよ。でも本当に連絡がつかなくて、ああ、これは駄目だって」

菜々花は思いだす。手討ちになる覚悟を決めて、スマホの電源を落としたままであったことを。

（わたしが悪いんじゃないかああああああああああ！！！）

考えこんでも仕方がない。菜々花は気持ちを切り替える。顔を上げ、美衣子を見ながら肩に置いた手でポンポンと叩いた。

「ありがとう、美衣子ちゃん。気を使わせてゴメン、すぐになんとかするよ」

「え？　できるんですか？　イベント会場、内装は仕上がってるんですよね？　違うものを使ったらイメージが合わなくなるんじゃ……」

「できるんですか、じゃなくて、やるんだよ。イメージが合わなくなるなら、合うように考えればいい。どうしようって悩むより、考えるんだ」

意気込んでデスクに向かう。立ったままノートパソコンを起ち上げると、今度は菜々花の肩がポンッと叩かれた。

「相変わらず頼もしいなあ。おはよう、菜々花さん」

眼鏡の奥で目が虹の形を作る。【フローラデザイン企画】の社長、宮崎要《みやざきかなめ》が笑顔で立っていた。

著名なデザイナーのアシスタントとして経験とスキルを磨き、独立したのが五年前。菜々花が入社したのはその翌年だ。

細身の長身に眼鏡と少し長めのうしろ髪がトレードマークの三十七歳、独身。性格はいたっておだやかで、競い合うより信用で任せられた仕事を堅実にこなす人柄だ。

仕事に対するスタイルがどこか職人肌で、父の仕事を見て育った菜々花の感性にとても合っている。

菜々花もどちらかといえば競うより任せられたものに集中するほうなので、その点からいってもここの仕事は肌に合っている。

【フローラデザイン企画】はフラワープロデュースをメインにする花卉《かき》販売企業だ。

スペースデザイン、ディスプレイの企画、設計、オンラインのフラワーギフト事業など。装花はもちろんのこと、さまざまなイベント会場や空間に合う花を使った飾りつけをデザインする。それが菜々花、フラワーコーディネーターの仕事である。

庭師の娘だから草花にかかわる仕事がしたかった。……と、いうわけではなくて、大学生のころ生花店でアルバイトをしていたのがきっかけになっている。

「昨日、山花さんが一生懸命連絡をつけようとしていたんだけど、やっぱり無理そうだったから諦めさせたんだ。だから、連絡がいかなかったのは僕のせいだと思ってくれていいよ」

菜々花はいつも思う。社長は本当にいい人だ。

「それにね、菜々花さんならきっと打開策を見つけ出してくれると思っているから、あまり焦らなかった」

おまけに、申し訳ないくらい社員を信用してくれている。これで張りきらないのはただの罰当たりだ。

「そんなふうに思っていただけて嬉しいです。ただ、垣田さんは最近反応が鈍かったので……、もしかして花材を他に回されたかな、という気持ちもあるんです。大口の取引があったようですし」

「垣田さんは、息子さんが跡を継いでからどうも上手く折り合いがつかない。うちは小さな会社だからね、契約内容にも納得いかないところがあるのかもしれない。僕の交渉不足かな、すまないね」

「そんなことありませんよっ」

気を使わせないように明るく笑うものの、内心少々おだやかではない。

交渉不足どころか、むしろ宮崎に対してはへつらっているのがわかる。菜々花が甘く見られているのだ。それは常日頃から感じていた。

小さな会社のフラワーコーディネーター、それもキャリアの浅い若い女と見くびられている。今回だって、このタイミングで花材の断りを入れるということは、こちらが困るのをわかっていてやっているとしか思えない。

ひねくれた考えではあるが、間違いではないのだ。

「それでね、菜々花さん」

ふいに深刻な表情が出てしまったのかもしれない。宮崎の口調が宥めるようなものに変わり、下がりかけた菜々花の顔をのぞきこんだ。

「竹中花園《たけなかかえん》さんに話をつけてあるんだけど、どうだろう？　大量発注はできないけれど、品質は垣田さんに負けない。いや、むしろ手厚さでは勝っている」

沈みかけた気持ちがグイッと押し上げられる。品種改良された良質な花を丁寧に育てている花農家だ。ただ問題は、こだわりを持ち少数精鋭でやっているので単価が高く仕入れも難しい。

「嬉しいご提案ですが……今回の案件に単価が見合いません。別案を立てますので……」

「別案は認めない。クライアントは菜々花さんの案をとても気に入ってくれていた。その期待を、裏切るのかい？　たかが、金額の問題で。この仕事で出る赤字なんて大したことはありません。間違いなく、菜々花さんが他の仕事で取り返してくれるレベルです」

言葉も息も止まり、ごくりと喉が鳴った。

こういうときの宮崎はとてもズルい社長だと思う。菜々花が仕事において、職人気質な性格だとわかって言っているからだ。

クライアントの期待と、金額の問題。そんなもの、クライアントの期待が大切に決まっている。それに応えて出してしまったマイナスは自分で埋めればいい。

菜々花は表情を引き締め、背筋を伸ばし大きく頭を下げる。宮崎は菜々花を信頼して助言してくれているのだ。

「ありがとうございます、社長」

「いつもどおり納得のいく仕事をしてください。妥協は嫌いでしょう？　僕も嫌いです」

「はいっ。『フローラデザイン企画に遠藤菜々花あり』と言ってもらえる仕事をします」

「頼もしい。期待しています」

「任せてくださいっ」

バンッと手のひらで胸を叩く。ハラハラしながら見守っていたのだろう美衣子が抱きついてきた。

「きゃー、菜々花さんカッコいいですっ、最高ですっ、嫌がらせなんかに負けないでくださいね！」

「当然だよ。コーディネーター舐めんなっての」

握りこぶしを作って意気込むと、周囲からホッとした空気が流れてくる。どうやらオフィスにいた社員みんなに心配をされていたらしい。

みんな、といっても十人そこそこではあるが。

「竹中さんの社長に直接電話して。これ、電話番号」

宮崎が菜々花のデスクに電話番号が書かれたメモを置く。さらに抱きついてくる美衣子を押さえつつ、それを手に取る。

「竹中社長、知人の娘さんの結婚式で菜々花さんが担当した装花を見たことがあるそうだ。花を生かせる人だと褒めていた。竹中社長もこだわりが強い職人気質な人だから、話が合うと思うよ」

「はい、ありがとうございます！」

ワクワクしてきた。手が届かなかったものを預けられる前の胸の高鳴り。今日は一日中、徹夜で仕事をしても元気かもしれない。

「あ……」

しかし、そこで思いだす。

今日は、一日中仕事はできないのだ……。

「すみません社長、わたし、今日は四時で上がります」

「四時？　うん、それは構わないけど」

事務員以外はフレックスの形をとっている。出勤退勤は仕事の様子を見ながら決められるので、問題がない限り特になにか言われることもない。

が、昨日のことがあるので、言いづらい。

「……もしかしたら、その後、連絡がつかなくなるかもしれないんですけど、明日出勤しなかったら手討ちになったと思ってください」

「もー、菜々花さんっては！　二日連続その手にはのりませんからね！」

アハハと笑い声をあげながら美衣子が肩をポンポン叩く。ちょっと不思議そうに苦笑いをする宮崎を除いては、オフィスが軽く笑い声に包まれなごやかな雰囲気だ。

思いだしてしまった菜々花は、なごやかになれない。

今日は、湊士と会う日。

冗談か聞き間違いだと今でも思う。――湊士と、入籍をする日だ。


思えば、湊士はなぜ「夕方の四時ごろに迎えに行く」などと言ったのだろう。

今日は平日だ。普通の会社員なら夕方四時はまだ仕事中だろう。

菜々花の会社がフレックスだったからなんとかなったものの、それがなかったら早退やむなしではないか。

湊士が菜々花の仕事や会社を知っているとは思えない。そんな関心を持ってもらえる対象ではないし、だいいち興味もないだろう。

もしかしたら、菜々花は無職だとでも思っているのだろうか。

その可能性は高い。あんな無能な女、雇用する会社などあるはずがないと思っているのかもしれない。

湊士のことだ、四時というからには、時間きっかりにスマホの着信が不穏な音楽を流しはじめるに違いない。

あの音楽をオフィスで流すのは忍びない。

よって、菜々花は十五時五十五分に会社を出た。

五分歩けば会社からだいぶ離れる。ちょうど近くのコンビニあたりまで行けるはずだから、店の前で応答してもいい。

(迎えって、家に来るつもりなのかな。そのあたり聞いてなかったな)

ひとまず電話がきたら、これから帰るところだと伝えよう。待たせてしまうが仕方がない。

家に帰って準備をするというところまで頭が回っていなかった。それを素直に謝って急いで帰ろう。

「どこへ行くんだ?」

「帰るんですよ。急がなきゃ」

反射的に答えてハッとする。知った声だったので応じてしまったが、ここにいるはずがない人の声、――湊士の声だ。

「俺がここにいるのに、どこに帰るんだ」

「ひえっ!」

思わず悲鳴にも似た声が出た。車道の路肩に停まる黒いベンツ。車体に軽く寄りかかり腕組みをする絶世のイケメン。

(ま、まぶしいっ! なにこれ、なんかの撮影!? なんか後光が射してない!? あっ、もしかして夢かな?)

まぶしさから目をそらすよう顔を背け、手を顔の前に翳す。願わくば、あまりにも湊士のことを考えていたから幻を見ているのだと思いたい。

「菜々花」

「はっ、はいっ」

(幻がしゃべった! 幻聴! 幻聴!)

「今日の仕事は終わらせたか?」

「へ？　……あ、はい、一応は」

「お疲れさん。では、乗れ」

湊士手ずから開けたのは助手席のドア。菜々花は確信する。やはりこれは夢だ。

（ありえない）

会社の近くまで迎えにきているとか、仕事をねぎらってくれるとか、車のドアを開けてくれるとか、それも助手席に乗せてくれようとしているとか。

——そんなこと、あるわけがない。

「早く乗れ。時間がもったいない」

「はいっ」

しかし幻だろうと湊士である。逆らうことなどできない。うながされた助手席に座り、ドアが閉まるとおそるおそるシートベルトを引く。

金具がはまる小気味いい音。心地よいベルトの圧迫感。恐れ多いほど座り心地のいいシートに萎縮する。そして運転席に湊士が座ったとたん、一気に高級感がアップした。

（湊士さんが運転する車の助手席に座ってるとか、ありえない、ありえない、ありえないっ！）

現実を認めない思考が行き着く先は「やっぱりこれは夢」という逃げ場所である。しかしそれを、湊士はひと言で破壊する。

「言っておくが、夢じゃないからな」

まるで心を読んだかのような言葉に驚き、目を見開いて彼を見る。

「菜々花は、昔からなにかというと『夢みたいです』が口癖だった。誕生日にプレゼントをしても、勉強を教えてやると言ったときも、屋敷の中庭でお茶をしているだけでも喜んで……」

「す、すみません……」

思いだしてみればそうだった。菜々花を嫌う前の湊士はとても優しくて、菜々花にとっては大好きな王子様だった。

彼と一緒にいられること、話しかけてくれること、笑いかけてくれること。すべてが嬉しくて、夢のようだったのだ。

「ですが昨日から、……湊士さまがわたしに話しかけてくれていること自体、信じられないんです。今も、一緒にいるなんて……夢みたいで……」

「夢ではない」

肩を掴まれ、ハッと顔が上がる。その瞬間、――唇同士が触れた。

「これが、夢の感触か？」

目と鼻の先に見えるのは間違いなく湊士の顔で、だとすれば今触れたのは……。

（湊士さんの……くちび……）

ボッと、いきなり顔が熱くなる。きっと真っ赤になっているだろうし、みっともないから顔をそらしたいのにそらせない。

それは、湊士に問いかけられているのに答えないまま顔をそらすとか「この罰当たりが！」、という遺伝的に擦りこまれた従属心のせいだ。

「それは、……あの、わかりません……」

「わからない？　なぜ？」

「……したことが……ありませんので。夢なのか、現実なのか……」

「昨日もしただろう。触れただけだが」

「そっ、それ以外にしたことがありませんので。昨日のだって、夢だと……」

「ふうん」

湊士の口角がニヤリと上がる。ただならぬ雰囲気に反応して、ビクッと背筋が伸びた。

「それなら、現実だと身体が覚えるまでキスすればいいのか」

「な、なん、なんというお戯れをっ、落ち着いてください、湊士さまっ」

目をそらせないせめてもの抵抗に、両手を顔の前で広げ湊士の顔を遮る。しかし彼に両手首を摑まれシートの横に押しつけられて、無駄な抵抗に終わった。

「落ち着いている。だいたい、妻にキスをしてなにが悪い」

（つ、つつ、つつつ、妻ぁぁぁっ!?）

感情がパニックだ。これが夢ではないのなら、花京院湊士さまのご乱心としか思えない。

しかし、ここで彼のご乱心を受け入れるのも問題ありだと思う。たとえ人通りのない道でも、ここは公道であり、それも車の中だ。

「ま、まだ、まだ妻じゃありませんから、悪いですっ！　落ち着いてくださいっ！」

理性を振り絞り、お手討ち覚悟で顔をそらす。菜々花の必死さが伝わったのか、すぐに手首が解放された。

わかってくれたのだろうか。まさか菜々花の言うことを聞いてもらえるなんて、夢のようだを通り越して感動だ。

運転席に座り直した湊士は、シートベルトを引き肩を上下させながら息を吐く。

「わかった。確かにまだ入籍前だ。――入籍したら、しても悪くないってことだな」

ハッとして顔を向ける。視線だけをくれていた湊士と目が合い、……不敵な笑みをこぼされた。

（なんですか……。なんですかその笑いかたっ）

不穏なものを残したまま車が走り出す。なんとなく、もう「夢に違いない」で逃げられる状態ではない気がしてきた。

信じられない気持ちでいっぱいなのは変わらないが、湊士の車の助手席に座っているのも、これから入籍というイベントが待っているのも、湊士にキスをされたのも、全部現実だ。

軽く触れただけのキスではあったが、あまりにも刺激的だった。

触れ合ったときの感触が、そのまま唇に張りついているようで、消えてくれない。

考えているとまた顔が熱くなりそうで、菜々花は両手で頬を押さえる。挙動不審に思われるのも嫌なので、気になっていたことを控えめに口にした。

「あの……湊士さま、お聞きしてもよろしいですか……」

「なんだ？　これから行くところか？　まず婚姻届を書く。とはいっても、ほぼ記入済みなのであとは菜々花が名前を書くだけだ」

「あ……そう、なんですか……」

さすが用意がいい。昨日の今日なのに、すでに婚姻届の用紙を用意してあるようだ。

どこかのカフェにでも行って書きこむのだろう。菜々花が名前を書いて、それを区役所に提出しに行くというところか。

「教えてくださって、ありがとうございます。湊士さまは、なぜあそこにいらっしゃったのですか？」

「あそこ？　菜々花の会社の横か？　四時に迎えに行くと言ってあっただろう。四時に仕事を終えて後片づけをしてから出てくると思っていたから、四時は過ぎるだろうと思っていたのに五分早く出てきた。そんなに早く俺に会いたかったのかと、ちょっと気分がよかったな」

「どうしてわたしが勤めている会社を知っているんですか⁉」

あまりの驚きに声が大きくなる。湊士のセリフ半分ほどで叫んでしまったため後半なにを言っていたのかがわからなくなってしまったが、それよりも菜々花の勤め先を知っていることが驚きだ。

「逆に、なぜ知らないと思っているんだ?」

「それは……」

――だって湊士さんは、わたしのこと嫌いだし興味なんかないし……!

「ずっと、お話ししていませんでしたから……」

本音は心の裡で叫び、もっともらしい理由をつける。

「話していなくたって、茂彦さんから話は伝わってくる。進んだ大学も知っているし、花屋でアルバイトをしたのも知っている。今の仕事をするきっかけになったことも」

「それだから、フラワーカフェのことも知っていたんですね」

「ああ。フラワーショップ併設のカフェだそうだな。フローラデザイン企画はフレックスだし、デザイナーやコーディネーターには在宅勤務も認められている。副業に規制はないから店を持っていても問題はない。フラワーショップ側に自分のアトリエを置いて、カフェは人に任せる感じかな。花を見ながら優雅なひととき。いいんじゃないか」

とっさに出そうになった言葉を呑みこむ。口を半開きにしたまま湊士の横顔を見つめた。

なぜそこまで知っているのだろう。会社の情報は茂彦から伝わっていたとしても、フラワーカフェに対する想いは口にしたことがない。

「観葉植物然り、花も然り、いいものだと思っていてもなかなか親しめない者もいる。そんな花や植物を身近に感じてほしい。花を見ながらお茶の時間を過ごして気持ちがやわらいだら、花に触れてみてほしい。もっと、花を身近な生活の一部にしてほしい。——そんなところだろう」

「……どうして……!」

呑みこんでいたはずの言葉が飛び出す。驚いたのだ。——あまりにも、菜々花の気持ちそのままを言葉にされたから。

信号で車を停めていた湊士の顔が、菜々花に向く。口角が上がるが、先ほどのような不敵な笑みではなかった。

「菜々花なら、そう考えるだろう?」

信号が変わり、湊士が前を向いて車が走り出す。菜々花も前を向き、へにゃっと助手席で脱力した。

自信を持って語られる、おだやかな口調。それは、まだ湊士が菜々花に優しかったころの声だ。

優しくておだやかで、凛々しい声。大好きなのに、与えられなくなってどれほどつらい気持ちになっただろう……。

予想外の展開に嗚咽がこみ上げる。しかしここで泣くわけにはいかない。菜々花はグッと息を詰めてそれを堪えた。

(わかんない。どうしてこんな、昔を思いださせるような態度をとるの。湊士さんは……貴方の期待に応えられなかったわたしのことなんて、嫌いでしょう?)

それなのに結婚なんてしてもいいのだろうか。

嫌いな女と結婚したって、メリットなんかないのに。

湊士に恋心を芽生えさせた菜々花が彼の婚約者候補になったのは、中学校に進んですぐだった。

湊士がかわいがっている幼馴染の女の子だから。というのが理由で、湊士の祖父が決めたのだ。

花京院コンツェルンの次期総帥として育った湊士には、複数の婚約者候補がいる。菜々花は十人目だった。

菜々花以外は社長令嬢や名家の子女ばかり。専属庭師の娘なんて、どう贔屓目に見たってただの数合わせか引き立て役でしかなかった。

それでも、婚約者候補の中で菜々花が一番湊士に構われていた。しかしそれは特別なことではなく、今まで候補ではなくたって一緒にいることが多かったのだから、ただの日常だ。

だが、当然、他の婚約者候補たちは面白くない。

通学途中に待ち伏せされて文句を言われたこともあるし、容姿や区立の中学校に通っているというごく普通の庶民ということで馬鹿にされたこともある。

たいていは聞き流した。確かに自分が湊士の婚約者候補だなんて分不相応だとわかっていたから、彼女たちが文句を言いたい気持ちもわかる。

婚約者候補の中に入れてもらっていたって、どう考えても本命にはなりえない立場だ。面白くなくて文句を言ってくる令嬢たちもすぐにそのくらいは理解するだろう。

なかなか嫌がらせをやめてくれない令嬢もいたが、とにかくスルーでやりすごしていた。

中学二年生になったとき、湊士に彼が通っている高校を勧められた。

湊士が通っていたのは偏差値高めのセレブ校で、大学までエスカレーター式に進級する仕組みになっている。もしも菜々花が合格して入学できれば、湊士は系列大学の二年生。

高校と大学の違いはあれど、同系列の学校だというだけでテンションは上がる。おまけに湊士が家庭教師を買って出てくれた。

『菜々花なら大丈夫だ。普段から勉強を見ている俺が言うんだから間違いない。俺と同じ学校だ。頑張ってみないか？』

湊士にそこまで言われて頑張らない手はない。自分と同じ高校を勧めてくれたうえに家庭教師にまでなってくれるのだ、張りきらないわけがない。

張りきったし、頑張った。学校の先生にも太鼓判を捺された。菜々花の努力を、湊士も喜んでくれた。

けれど……。

――菜々花は、合格できなかったのだ。

合格発表を湊士と一緒に見に行った。ふたりとも、間違いないという確信を持っていたのに……。

「ほら、だから言ったじゃありませんか。いくら湊士さんが目をかけていたって、しょせんはその他大勢でしかないレベルの子。そう、わたくしたちとはレベルが違う、学力も知性も品性も。合格なんかできるわけがない」

番号を見落としているのではないか、そう思って何度も合格発表を見返す菜々花のそばで、湊士に勝ち誇った言葉を吐いたのは嫌がらせを繰り返していた令嬢だった。

彼女の家は花京院家と取引銀行として深い繋がりがあり、本命候補だと聞いている。

……本人から。

湊士が菜々花の受験を後押ししていることを当然面白くなく思っていて、合格発表がされている校門前に数名の令嬢を引き連れてやってきたのだ。

「湊士さん自ら手をかけてくださったのに、その期待を裏切った。なんて身の程知らずでひどい子なの。最初から自分には無理だとわかっていたでしょう？　それとも、湊士さんの力でなんとかしてもらえるとでも思っていたの？　そうね、そのくらいのことは考えそう」

まるで菜々花が、湊士のコネでなんとかしてもらおうとしていたと言わんばかり。一緒にいる令嬢たちもクスクスと笑っている。

「もういい。やめろ」

重い口調で湊士が発したひと言は、自称本命候補の令嬢だけではなく耳障りな嘲笑さえもピタリと止めた。

苦しげに瞼を伏せる湊士を見てドキリとする。恐怖にも似た不安で胸がざわざわして止まらない。

「菜々花」

「は、はいっ」

「運転手には言っておくから、先に帰っていなさい」

「先に……、湊士さんは……」

「彼女たちと話がある。今回の結果については、自宅にも結果が届いているころだろう。ご両親も、わかってくれる」

「はい……」

湊士の口調に温度を感じない。いつもはあたたかく感じる声が、今はとんでもなく無機質だ。

謝らなくてはと、とっさに思った。

令嬢が言っていたとおりだ。湊士自ら手をかけてくれたのに、菜々花はその期待に応えられなかった。「絶対に大丈夫だ」と太鼓判を捺してくれていたのに、彼の自信を裏切ってしまった。

湊士は令嬢に「校内のカフェで話を」とうながしている。なぜだかわからないが、今謝らなかったら二度と湊士に話しかけられなくなるような気がして、菜々花は慌てて口を開く。

「あの……、湊士さん……!」

歩きかけていた湊士が立ち止まる。こちらを向いた顔を見て、菜々花は血の気が引いた。

厳しい表情だった。勉強を見てくれているときの厳しさではなく、突き放すような冷淡な厳しさだ。

もちろん言葉なんか出ない。膝が震えそうになるのを、両足を踏ん張って必死に耐えた。

「早く行け」

ふいっと顔をそらし、歩きながら携帯電話で運転手に連絡を入れる。菜々花を送ってから戻ってくるようにとの指示だった。

背後にいた他の令嬢たちもクスクス笑いながら菜々花を追い越していく。くぐることを許されなかった名門校の門、そこに消えていく湊士と令嬢たち。

――完全な境界線を引かれてしまったような気がした。

もう、湊士にかかわってはいけないような、悲しい胸騒ぎが止まらなかった。

しかしそれは間違いではなかったのだ。

それ以降、湊士が菜々花にかかわろうとすることはなくなった。菜々花の前に現れることも、話しかけてくれることもなかった。

湊士を怒らせてしまったのだろう。

彼自ら、あれだけ気持ちをかけてもらったのに、菜々花はそれに応えられなかったのだ。

――湊士さんは、わたしが嫌いなんだ。

そう自分を納得させ、胸をあたたかくしていた想いを閉じこめる。

都立高校に進学し、国立大を出て、花にかかわる仕事がしたくて【フローラデザイン企画】に就職した。

初めてかかわった企画が小さなカフェの設計で、店内に花を配置したいというもの。

うるさくなりすぎず、カフェの雰囲気を大切にして、花で癒される空間が欲しい。そんなクライアントの要望に、菜々花は見事に応えた。

そのときから、いつかフラワーカフェが持てたら素敵だなと、小さな夢を持つようになったのである。

夢を夢で終わらせず、菜々花は少しずつ計画を進めていった。全体的な構想、コンセプト、内装のイメージ、外観とのギャップと統一性。

そして計画はほぼ完璧に仕上がってくる。イメージに合う物件を探したら、あとは夢のための貯金と相談して、足りないぶんの資金繰りを考えれば完成だった。

だがそんなとき、茂彦の体調が思わしくなくなり、夏彦の大学進学問題が大きくなる。

両親のことはおいおい考えていくとしても、夏彦のほうはそうもいかない。ひとまずカフェの夢は保留にして、貯めた資金はそっちに回そう。

そう考えていた矢先、十一年ぶりに、湊士から呼び出しがかかったのである。

なにか気に障ることをしただろうか。とうとう手討ちになるのだろうか。せめて夏彦の成人式までは生きていたかった……。

我が人生ここまで、と覚悟して呼び出しに応じた菜々花に、湊士は平然と言い放ったのだ。

「俺は、おまえと結婚することにした」

おまけに、菜々花が断れない条件を突きつける。

「結婚すれば、菜々花は花京院コンツェルン次期総帥たる俺の妻だ。遠藤の両親は一生安泰、弟も気兼ねなく大学へ行ける。おまけに菜々花が計画を進めているフラワーカフェも支援してやれる」

まさに、悪魔の囁き。

だいたい、一番にわからないのは、なぜ菜々花を選んだのかということ。

期待に応えられなかった菜々花に呆れて見限った時点で、婚約者候補なんてものからは完全に外れていたはずなのに。


カフェで婚姻届を書くのかと考えていたが、連れてこられたのは高級ホテルのスイートルームだった。

いきなりこんな場所に連れてこられたら、いくら男っ気のない人生を歩んできた菜々花でも警戒するのが女心というもの。

だが、そんな心配はまったくいらなかった。

なぜならホテルのエントランスに入った瞬間、盛大な歓迎を受け、十数人に及ぶ礼儀正しいスーツ姿の男女が一緒についてきたからだ。

どうやら花京院家の関係者らしい。これだけの人数を引き連れているのだから、不埒な状況にはならないだろう。

リビングには十人は着席できそうな長方形のダイニングテーブル。湊士と向かい合うように着席すると、一緒にきた関係者のうち、男性が湊士の背後にずらっと並んだ。残った女性、三人ほどが菜々花の背後につく。

男性がひとり、湊士の斜めうしろに立つ。おそらく最年長、宮崎よりも上に感じるので四十代だろうか。

背後に立つ女性のひとりが、菜々花の前に一枚の用紙と万年筆を置いた。

とても綺麗なデザインが施された用紙だ。金色の縁取り、余白に薔薇の箔押し、便箋だったら特別な手紙に使いたくなるし、メモ用紙だったらもったいなくて使えない。

しかしそれは、便箋でもメモ用紙でもない。

――婚姻届だ。

「菜々花がサインをして終わりだ」

湊士が言っていたとおり、すべての欄に記入が済んでいる。唯一空欄の〝妻になる人〟の下に菜々花がサインをして終了である。

用紙を置いた女性が万年筆のキャップを取り、持ち手を差し出してくれた。

「どうぞ、奥様」

「あ、ありがとうございます」

（まだ奥様じゃないし！）

心の裡では抵抗しつつも、引き攣りそうな笑顔で耐え、万年筆を受け取る。

手にした筆記具をじっと見つめる。セレブなご家庭は万年筆のキャップも取ってもらえるらしい。万年筆はほぼ使ったことがないので、上手く書けるか不安だ。

（立派な万年筆だな……。万年筆って、高いよね。文具店のショーケースに並んでるのなんてウン万円とかするもんね。このペン先とか、書いているときに折っちゃったらどうしよう）

「どうした？　インクは出るから心配するな。ああ、試し書きがしたいのか？」

万年筆を凝視していたので、なにか誤解を与えてしまったようだ。そばに立つ男性にメモ用紙を指示した彼を見て慌てて口を出した。

「大丈夫ですっ、万年筆、使い慣れていないからちゃんと書けるかなって心配になっただけですからっ」

「試し書きはしなくていいのか？　筆記具を買いに行ったら必ず試し書きをしていただろう。試し書きで描いていたうさぎはかわいかったな、クマさんとか。今も描くのか？」

「試し書きはしますけど、〝あ〟とか書いて終わりですよ。なんでそんな昔のこと、覚えてるんですか」

湊士はクスリと笑って菜々花を見つめる。気づけば、背後で見守る関係者の面々が微笑ましげな顔をしているではないか。坊ちゃんが奥様とじゃれているとでも思われているのだろうか。

（まだ奥様じゃないし！）

とたんに恥ずかしくなって、気をそらすために急いでサインをした。

さらさらっと滑るペン先。美しいブルーブラックが菜々花の名前を彩る。

（うわっ、書きやすいっ）

「書いたか？」

「は、はいっ」

用紙を手に取って湊士に差し出す。しかし菜々花が名前を書くためだけにこの場が用意されたのだと思うと、あまりの仰々しさが逆に恥ずかしい。

まるでテレビで観る国同士の調印式のようだ。

「よし」

サインを確認し、湊士はそれをそばにいる男性に渡す。男性は一礼すると、他の関係者たちを引き連れて部屋から出ていってしまった。

それを待っていたかのように、ホテルのスタッフが湊士と菜々花の前に紅茶を置く。クッキーがのった皿とチョコレートがのった皿をふたりのあいだに用意すると、退室した。

ふたりきりになって、急に室内が広く感じる。婚姻届にサインをしてしまったのだと思うと、急に緊張感が走った。

反して余裕に満ちた湊士はティーカップを手に取り、口を開く。

「すぐに提出される。五分もしないうちに、菜々花は俺の正式な妻だ」

「妻……」

口に出してから頬が熱くなるのを感じた。

妻とは、なんて照れくさい言葉なのだろう。それも湊士の妻だ。信じられないにもほどがある。

「また『夢だろうか』とか言うなよ」

「さすがに……もう言えないかなって……。自分で婚姻届に名前も書いたし……」

書いてしまった。数分すれば正式に受理されて、本当に湊士の妻という立場になる。

(湊士さんの……妻っ！)

考えていると頭がショートしそうだ。思考をそらそうと、菜々花は気になったことを口にした。

「そういえば、最近の婚姻届って立派なんですね。デザインが凝ってるっていうか、なんだかキラキラしていて驚きました」

「このために作らせた。普通の届け出用紙は地味で味気ない。何事も花京院家たる威厳を持ってあたらねば」

(なんですか、それっ!)

「いいんですか? ああいった届け出用紙を勝手に作って……。役所でくれる普通のじゃないと受けつけてくれないとか」

「いろいろとオリジナルの届け出用紙があるのを知らないのか? デザイナーだろう」

「コー　ディ　ネー　ター　で　すっ」

言葉を溜めながら反論すると、湊士がクスリと笑う。

湊士のスマホが着信音を響かせる。応答した彼は「わかった、ご苦労」とだけ言って通話を終えた。

「届け出が受理された。これで、菜々花は正式に俺の妻だ」

ドキンと、大きく鼓動が胸を強打した。

本当にこれでよかったのだろうか。嫌っている女と入籍するなんて、事情を湊士に聞いてからのほうがよかったのではないか。

「そうだ。これを渡さないといけない」

席を立った湊士がテーブルを回って菜々花のそばにやってくる。何事かと立ち上がると、左手を取られた。

薬指に真新しい指輪が輝く。湊士がはめてくれたそれを、目を見開いて凝視した。

「そんなに驚いた顔をするな。結婚指輪だ。必要だろう?」

「必要……というか……その」

思考がついていかない。婚姻届にサインをして、結婚指輪をはめられて、「俺の妻だ」と言われて。

一瞬のうちに〝人妻〟になってしまった。

「一緒くたになってしまうが、婚約指輪は一緒に選ぼう。菜々花が気に入ったものにしてやりたいから」

「そんなの……、必要ないですよ。それにもう結婚しちゃったし」

「花京院の男が妻に婚約指輪もやらなかったなんて、笑い話にもならない。馴染みの宝石商を呼ぶから、好きなものを選ぶといい」

「はい……」

受け入れるしかない。湊士が言うことに否定など存在しないのだ。

「ありがとう……ございます」

「嬉しいか?」

「え?」

「婚約指輪は、いわば俺からのプレゼントのようなものだ。嬉しいか?」

なにを聞いているのだろう。湊士からのプレゼントが嬉しくないわけがない。

けれど、婚約指輪というのは結婚準備をするうえで必ず通るプロセスのひとつ。男性から女性へ贈ると考えればプレゼントではあるが、決まっているからと義務的に贈られるのと、サプライズ的に贈られるのとでは嬉しさが違う。

「嬉しいですよ。当たり前じゃないですか」

「そうか、よかった」

とくん……と、鼓動とは違うなにかが胸を打つ。

湊士が、とても嬉しそうに笑ったのだ。

(なに……その顔)

ズルい。ズルすぎる。

思い出の中にしかなかったそんな顔を見せられたら、……切ない。

「菜々花、これを」

湊士が差し出した手のひらには、もうひとつの指輪がのっている。菜々花の指にある結婚指輪と同じデザインだ。

もしかしてと思い彼の顔を見ると、ふわりと微笑まれた。

「俺のぶんの結婚指輪だ。菜々花がはめてくれ」

見惚れそうになる自分を押し留め指輪を手に取ると、湊士が左手を出す。おそるおそるその手を左手で支え、薬指に指輪をはめた。

「よし、これで夫婦だ」

次の瞬間抱きしめられ、唇を奪われる。

いきなりのことに驚きつつも、とっさに湊士のスーツを両手で掴む。引き離そうとグイッと引っ張る……つもりだったが……。

「菜々花……」

おだやかな甘い声が唇の表面を撫でる。ゾクゾクッとおかしな熱が走り、スーツを掴んだまま彼の腰に回してしまった。

押しつけられる唇の柔らかさに、頭がくらくらしてくる。軽く吸われると背筋にむず痒いものが走って下顎が震えた。

二度ほど触れるだけのキスをされだが、それとはまったく違う。〝妻〟になったらキスをしてもいい、というような話をしたので、もう「まだ妻じゃありません！」と否定されないと思って安心しているのだろう。

唇に触れられているだけなのに、なぜかだんだん全身が熱くなってくる。ドキドキしているせいなのか、口腔内が熱くて上手く呼吸ができないせいなのか胸が苦しい。

「ハァ……んっ」

鼻で呼吸するだけでは足りなくて、少し口を開けるとおかしなトーンの吐息が漏れる。驚いて口を閉じるが、やはり息苦しくて開いてしまい……。

「ぁ、ぅ、ハァ……あ」

　考えるのを避けてしまいそうになるものの、これは「おかしな」というより「いやらしい」トーンの吐息ではないだろうか。

（どうしよう……、でも、止められない……）

　息を吐けば一緒に出てしまう。湊士の唇が震える吐息の熱を上げて、菜々花の戸惑いを大きくしていく。

「湊士……さま、ぁっ……ハァ、ぁ……ん」

「ああっ、ったく、なんだ、その反応はっ」

　唇が離れたかと思うと、いきなり身体が浮き上がる。背中を支えられ、ダイニングテーブルの上に寝かされた。

（えっ!?　なに、この格好っ）

　ちょうど膝の裏までテーブルにのっているので脚がつらいということはないのだが、それよりこの体勢である。

　テーブルに寝かされたうえに、そのまま湊士が覆いかぶさっている。戸惑いマックスだ。もしやこれは、とんでもない状況なのではないか。

「あ……のっ、湊士、さまっ」

「様をつけるのはやめろ。もう夫婦だ」

「ですが……それなら、なんと……」

「昔みたいに呼べばいい。話しかたも、そんな他人行儀な口調はやめろ、十一年前に戻せ、いや、もっと砕けたっていい、むしろ砕けろ」

戸惑いはさらに大きくなる。

こんなに余裕なさげな湊士は初めて見る。なにかに焦って急いているのが伝わってくるのだ。

再び唇が重なる。顔の向きを変えながら吸いついて、菜々花の唇を堪能しようとするかのようなキス。

「んっ……ふ、ぅ」

息をするために開いていた唇のあわいをぬって、厚ぼったい舌が潜りこんでくる。ぐるりと口腔内を撫でてから、歯茎の表裏を丹念になぞっていく。

「ハァ、ぁ……ふぅ、ンん……」

自分の口の中で、自分のものではない舌が動き回っている。信じられないことだし、考えるとちょっと屈辱的だ。

けれど、それが湊士のものだと思うと、――許せてしまう。

本来の宿主である菜々花の舌が縮こまっているのに、侵入者は傍若無人だ。とうとう宿主を搦め捕りもてあそんだ。

「あぁ……ぁっ、はふ……っぅん」

激しい舌の動きに、戸惑いや羞恥が追いつかない。湊士のキスを受け取るだけで精いっぱいだ。

口腔内が熱い。甘く痺れてピリピリする。舌を好きなようにされているせいで唾液を嚥《えん》下《げ》できず、口の中が潤いすぎている。

口の横から唾液が垂れていく。恥ずかしいことのハズなのに、湊士に激しいキスをされているからなのだと思うと、なぜか気持ちが昂った。

「涎《よだれ》まで垂らして……そんなに俺のキスは気持ちいいか？」

強く唇が押しつけられ口腔の唾液を吸い取られる。その刺激に喉が反ると、彼の唇は垂れた唾液のあとをたどりながら喉を食んだ。

「あぁっ……んん」

ビクビクッと全身が震える。洗練された木製テーブルの上で跳ねるさまは、まな板に押さえつけられた鮮魚のように思えた。

「イイ反応だ。最高に気分がいい。菜々花のおかげだ」

もったいないお言葉でございます、と言いたいところだが、激しいキスの余韻で息があがって声が出ない。

湊士の唇は首筋を食むようにたどっていく。鎖骨を舌でなぞり凹凸に歯をたてる。

キスに応じるのに必死でまったく気がつかなかったが、いつの間にかブラウスのボタンが外されている。何気にはだけられ、胸の谷間があらわになっていた。

(こ、これは、マズい状態なのでは……)

このままでは、とてもいやらしい状況になってしまうのではないだろうか。

結婚したから、いやらしいことをしてもいいと思っているのかもしれない。もちろん夫婦になったのだから問題はないだろうが、……場所に問題がある。

雰囲気的にも湊士は百戦錬磨なのだろうが、菜々花は処女だ。ハジメテがテーブルの上で鮮魚状態なのは、笑い話を通り越して悲しくはないか。

これは、なんとか止めなくては。

「あっ……、そうじ、さっ……」

「なんだ? あまりかわいい声を出すな。止まらないだろう」

(止まってくださいいいいいっ!)

心でお願いするも、声にならない。肌に触れる彼の唇が刺激的すぎて、声を出そうとすると切ないトーンにしかならないのだ。

(わ、わたし、鮮魚状態でいただかれちゃうのかなぁ!?)

「まあ、実質今夜は新婚初夜だし。今からでも問題はないな。菜々花もその気になっているようだし」

鎖骨に吸いつきながら、湊士はぐぐっとネクタイをゆるめる。彼があまりにも楽しげで、なんだか鮮魚を通り越してオオカミにいたぶられる寸前のうさぎにでもなった気分だ。

(その気……その気ってなんですか⁉　それじゃあわたしがエッチな子みたいじゃないですか！)

「そうじ、さ……ダメ、です……んっ」

心で反論するも、彼を止めようとする声が熱を含んでいやらしい。これでは「その気になっている」と言われても無理はない。

まさにまな板の上の鯉。入籍してすぐに捌かれる運命なのか。……と、覚悟したとき。

——ドアチャイムが、鳴り響いた。

しかし湊士が止まる気配はない。ゆるくはだけていたブラウスをさらにはだけ、胸を暴いて唇がそこに滑り落ちていく。が……。

またもや鳴るドアチャイム。鳴るだけならまだしも連打されている。おまけに今度はインターフォンがものを言った。

『開けなさい、湊士。いるのだろう』

止まりそうになかった湊士の動きが止まる。それどころかとんでもなくいやそうな顔をしている。

菜々花の記憶に間違いなければ、今のは湊士の父、花京院コンツェルン総帥、花京院慶《けい》士《じ》の声だ。

ドアチャイムはまだ連打されている。壊れそうな勢いだ。けたたましい音に、さらに違う声が混じってくる。

『湊士さん、湊士さん、開けてくださいな。菜々花ちゃんでもいいのよ。いらっしゃるわよね、ななかちゃーん』

菜々花の記憶に間違いがなければ、今のは湊士の母、花京院コンツェルン総帥の妻、花京院環琥の声だ。

菜々花から離れた湊士は、眉間にしわを寄せたままスーツとネクタイを整える。無言のまま速足でドアへと向かった。

突然の来訪者に動きが止まった菜々花だったが、いつまでもまな板の上の鯉になっているわけにはいかない。花京院の両親がきたということは、当然部屋に入ってくるだろう。

テーブルにのったあられもない姿を見られては大変だ。

急いでテーブルから下り、ブラウスのボタンを留める。スカートを叩いて整え、両手で髪の乱れを直す。

リビングから続く廊下では親子の戦いが勃発していた。

「こなくていいと言いましたが?」

「そういうわけにはいかない」

「帰ってください」

「やっと結婚相手を決めた息子を褒めにきたというのに」

「なにが、褒めに、ですか。三十にもなって結婚相手を決めないなら、跡取りだけでも作らせるとか言いだしたのは誰です」

「私だが？　それがなんだ？」

身だしなみを整えながら、聞こえてくる会話に耳が引きつけられる。

なんとなく、湊士がいきなり「結婚する」と言いだした理由がわかったような気がする。

湊士は三十歳。昔から婚約者候補が十人もいたのに、結婚相手を選ぶ気配がまったく見られなかったのだろう。花京院コンツェルンという巨大組織の跡取りとして、それはよろしくない。

組織の未来を見据えていかなくてはならない現総帥として、父親である慶士は結婚しないのなら跡取りだけでも儲けろと湊士に言ったのだろう。

言ったということはおそらくその手はずもすぐに整う状態だったに違いない。

未婚なのに〝跡取りを作るための作業〟だけをさせられるのは気分がよくないし、世間体的にも問題ありだ。

そのくらいならと、湊士は結婚を決めた。

ただ、それを避けるための結婚相手に菜々花を選んだ理由は、まったくもって不明だ。

「それに、跡取り問題は大切だ」

「そうよ、菜々花ちゃんにもちゃんとご説明しておかなくちゃ」

話を盗み聞いているうちに、花京院夫妻がリビングに現れる。

背が高く、上質なスーツを完璧に着こなす精悍な紳士。とにかく顔がいい、花京院慶士。

小柄で華奢だが、伸びた背筋と生まれながらに持った上品さが彼女を大きく見せている。

とにかく顔がいい、花京院環琥。

夫婦で並ぶと華がありすぎてまぶしいくらいだ。

湊士がこのふたりの子どもなのだと言われれば、彼の顔面偏差値の爆高ぶりも納得がいく。

「菜々花ちゃん、お久しぶりね。まあまあ、すっかり女性らしくなっちゃって」

環琥が菜々花のそばに寄ってくる。慌てて背筋を伸ばし、頭を下げた。

「ご無沙汰いたしております、奥様。季節のご挨拶《あいさつ》会は、いつも失礼してばかりで申し訳ございません」

「そんなことはいいのよ。菜々花ちゃんには大切なお仕事があってのことですもの。暇なご令嬢たちが勝手に集まっているだけよ」

サラリと告げた言葉に棘がある。しかし本人は特に悪気がある感じでもない。

いや、本当に悪気はないのだ。環琥自身、結婚前から慶士の秘書としてバリバリ働いている人なので、仕事を持っている女性に対して理解が深い。

それだから、季節ごとに婚約者候補たちが集まり環琥や慶士に顔見せをする、季節のご挨拶会に「仕事が忙しい」という理由で欠席してもなにも言われない。

思えば、菜々花が季節のご挨拶会に出席したのは、湊士がまだ気にかけてくれていた中学生のころだけだ。

出席すれば必ず湊士がいて、ずっと菜々花のそばにいてくれた。それだから気後れすることなく出席できたのだ。

湊士に嫌われたと確信してからは一切出席していない。学生のころは勉強が忙しいという言い訳を使っていた。

出席などできるわけがないし、したくなかった。湊士に嫌われているのだから、早く婚約者候補から降ろしてほしい。そんな気持ちでいっぱいだった。

ちょくちょくあった嫌がらせも、湊士の期待に応えられず彼に見限られた一件があってから、ピタリとやんだ。

令嬢たちも、気にする価値がないと判断したのだろう。文字どおり、名前だけの婚約者候補だ。気にするどころか論外だった。

……はずなのに。

「でも嬉しいわ。菜々花ちゃんが湊士さんのお嫁さんになってくれるなんて」

なぜか、結婚してしまった。

いや、なぜかではない、結婚するに値する条件を提示されたから、結婚したのだ。

「ほんと、願ってもない選択よね。さすがは湊士さんだわ。ねえ、あなた」

美しい顔《かんばせ》をより美麗に微笑ませ、環琥は夫に話しかける。慶士もにこりと微笑みうなずいた。

「ああ、素晴らしい選択をした。菜々花さん、結婚を承諾してくれてありがとう」

「い、いいえっ、そんな、とんでもございませんっ」

「状況や背景を鑑みても、菜々花さんが一番湊士の妻にふさわしい。そんな菜々花さんが、こちらの事情を汲んでくれたことは感謝以上の何物でもない。ありがとう」

「総師にお礼を言われるようなことは……」

「お義父さんとは呼んでくれないのかな？　念願の娘ができたんだ、私のことは、ぜひお義父さんと呼んでほしい」

「私も私も、菜々花ちゃん、私もお義母さんって呼んでね。〝おかあさん〟がふたりでややこしかったら、私のことはママでいいから」

話に割りこんできた環琥が菜々花に詰め寄る。念願の娘、というのはわかるが、ずっと総師と総師夫人として見てきたふたりを、いきなり「お義父さん」「お義母さん」と呼ぶのは……。

(無理っ、無理ですっ、おまけに奥様を「ママ」とか、罰当たりすぎてお父さん愛用の高枝切りバサミで首ちょんぱされるレベルですっ)

長年、花京院家に仕えてきた遠藤家。菜々花の中に流れる血が、そう簡単にこだわりを捨てさせてはくれない。

義両親に歓迎されるのは嫁として喜ばしい。

嬉しい。嬉しいのだが、無理だ。

「ありがとうございます。嬉しいです。ただ、結婚の決定をいただいて入籍までが早かったので、心の準備が間に合っておりません。もう少し落ち着いたら、家族のように呼ばせていただいてもよろしいでしょうか」

菜々花が今の気持ちを正直に口にすると、慶士がうんうんと首を縦に振る。

「それは構わないよ。戸惑う気持ちはわかる。徐々に慣れてくれたらいい」

「ありがとうございます」

「そうね。確かに早かったものね。私たちだって驚いたもの、急にお嫁入りが決まってしまった菜々花ちゃんが戸惑うのは当然ね」

ふたりの同意が得られて、心の裡でホッとする。すると、環琥が軽く柳眉を逆立てて隣でずっとムッとしている湊士を見た。

「いくら急かされたからって、事を急ぎすぎですよ。お嫁に行く女の子の繊細な心の動きを、少しはわかっておあげなさいな」

「おふたりとも、言いたいことが済んだなら早いところふたりきりにしてくれませんか。新婚の部屋に長居は無粋ですよ」

環琥の言葉は聞こえないふりである。

すると慶士が軽く声をあげて笑う。

「それはすまない。とりあえず、こちらの事情を快く汲んでくれた菜々花さんにお礼が言いたかったのだよ」

耳がピクッと反応する。「こちらの事情」――部屋に入ってきたときもその言葉を聞いた。

菜々花を結婚相手に選んだことに対して、花京院側になにか事情があるということなのだろうか。

「それに関しては、今じゃなくてもいいでしょう。お礼はともかく……入籍したばかりの場で話題にするようなことじゃない」

慶士に詰め寄る湊士を見て違和感が募る。なぜそんなに必死になっているのだろう。

「こちらの事情」が関係しているのだろうか。

「黙りなさい。これは、花京院の未来にとって大切な問題だ。おまえだって、菜々花さんが納得してくれたからこそ、早急に妻に迎えたのだろう」

息子をいなし、慶士が菜々花の前に立つ。

「菜々花さん、こちらの事情を汲み取ってくれたこと、謹んで礼を言う。ありがとう。菜々花さんの感覚では、なかなか納得しがたい話だったのではないかと思う」

「女性ですもの、少しは驚いたわよね。でも、菜々花ちゃんなら理解してくれると思っていたの。花京院家の血を優秀なもので繋いでいくためには、優秀な跡取りを儲けなくてはならないのですもの、そのために複数の恋人を持つのは次期総帥の務めですから」

ピクッと、身体が震えた。

今、環琥はなんと言った。

(複数の……恋人?)

「そのうち、湊士と菜々花さんのあいだにも子どもができるだろう。男の子だったときは、もちろん跡取り候補になる。他の女性が産んだ男子よりも優秀だと認められたときには、その子が湊士に次ぐ次期総帥だ。楽しみだね」

軽やかに微笑む慶士。ハリウッドスターにも負けないくらいのロマンスグレーっぷりだが、今の菜々花の中には、その横っ面をグーパンチしたいくらいのなにかが湧き上がってきていた。

(他の女性が産んだ男子……? それより優秀……?)

「菜々花ちゃんが一番理解してくれると思っていたの。ありがとう、菜々花ちゃんは本当に昔から従順でかわいいわ」

　にっこりと微笑む環琥。世界の美女ベスト五十には入りそうな完成された美魔女だが、今にも菜々花の中の狂暴性が顔を出し、クレンジングオイルを頭からぶちまけてやりたい衝動が勃発しそうだ。

（一番理解……？　従順でかわいい……？）

　いつの間にかきつく握っていた両手が震えてくる。ドロドロしたものが体内を循環するような気持ち悪さを感じているのに、両方の口元が上がり、菜々花は微笑んでいた。

――――そうか。やっとわかった。湊士さんが、わたしを結婚相手に選んだ理由。

「もう用は済んだでしょう。ふたりきりにしてくださいっ」

　強く言いながら、湊士が慶士と環琥の背中を押して部屋の外に出そうとする。ふたりも言いたいことが済んだからだろう、笑いながらそれに従った。

「もう、湊士さんったら、早く菜々花ちゃんとふたりきりになりたいのね」

「新婚だからな。仕方がない。挙式の日も楽しみだな」

「はいっ、それも追い追い。はい、お帰りはあちら」

「そうだわ、ウエディングドレスのことを菜々花ちゃんに……」

「次の機会にしてくださいっ」

「こんな必死な湊士は久しぶりに見るな」

親子の会話を耳の上で滑らせながら、菜々花はやっとわかった事実に思考を巡らせる。

――わたしのこと、嫌っているのに。いまさら連絡をよこして、断れない条件をつけて、早々に入籍した。……そうか、そういうことだったんだ。

花京院コンツェルンの未来を完璧なものにしていくためには、優秀な跡取りが必要。その優秀な跡取りが、ひとりの女性とのあいだに必ずできるとは限らない。

それだから、跡取り候補を儲けるために、湊士は複数人の恋人を持つ。その恋人たちと関係を持って、生まれた子どもが男子なら跡取り候補となる。

跡取りのために、結婚当初から夫が複数の恋人を持つ予定があるなんて、普通はいやだし常識から逸脱している。

一般人の感覚ではそうだが、花京院家のような普通では口もきけない上流社会では非難されるべきことではないのかもしれない。

それだから、慶士も環琥もあんなににこやかに菜々花に非常識な話をしていたのではないか。

しかし、いくら複数の恋人を持つことが非常識に入らない世界だとしても、女性として、それをいやがる人もいるだろう。

家同士、企業同士のつきあいを考えて、婚約者候補の令嬢がそのシステムをいやがったとすれば行使はできない。

行使するためには、条件を呑んで快く承諾する従順な妻《めと》を娶る必要がある。

――それが、菜々花だったのだ。

代々、花京院家の庭師として仕えてきた家の娘。たとえそのシステムが一般的には非常識でも、花京院家の取り決めに逆らう選択はない。

湊士が菜々花を選んだ理由はそれだ。長いことまともにかかわっていないこともあり、もしかしたら反抗されるかもしれない。だから、条件をつけた。

両親の生活の安泰、弟の大学進学、菜々花のフラワーカフェへの支援。

フラワーカフェはともかく、両親と弟の話を出されて、断れるはずなどなかった。

――一番、都合のいい花嫁だったのだ。

強く握りしめた両手のこぶしに汗がにじむ。上がったまま固まった口角が震えた。

（ふざけるな……）

とは思えど、すでに入籍は済んでしまった。理由はどうあれ、花京院の義両親も菜々花が湊士と結婚したことを喜んでくれている。

湊士は初恋の人だ。彼を好きな気持ちを、ずっと胸の中に閉じこめてきた。

正直、初恋の人と結婚できたのだ、いくら嫌われているとわかっていても嬉しくないはずがない。

――それなら、このままでいいのでは……。

このドロドロした気持ちを掃除しようとするかのように、菜々花の思考が打算的なものに変わっていく。

――どうせ嫌われているのだ。それなら、これでいいじゃないか……。

湊士の妻になった時点で、両親の老後は安泰、夏彦の大学生活だってサポートできる。おまけに、ちまちま進めてはいるものの開店のめどがつかないフラワーカフェの支援までしてもらえるのだ。

いつからかはわからないが、そのうち湊士は複数の恋人のもとに通うようになり、菜々花は放置状態になるだろう。

願ったり叶ったりではないか。

それなら、存分に仕事ができる。フラワーカフェに入り浸って、大好きな世界で好きなように生きていける。

――この結婚、悪くないのでは？

完全に思考がポジティブなものに切り替わる。

菜々花は汗ばんでいた両手を合わせ、自分がとても幸運な状況にいることを理解する。

（嫌われてるから、なんだって!?　なんの心配もなく、好きなことができるんじゃない！　最高でしょ!?）

そのうちに、湊士とのあいだに子どもができるかもしれない。男児だった場合は跡取り候補になるらしいが、そんなのはどうでもいい。男の子だろうが女の子だろうが、一緒に花に触れる生活をさせよう。

（ああ！　なんて幸せな毎日！）

考えが至高の域に達したとき、急いで廊下を走る音がして、焦った様子の湊士がリビングに飛びこんできた。

「菜々花！　さっきの話だが……」

義両親をやっと部屋の外に出したのだろう。複数の恋人やら優秀な跡取りを選ぶやらの話は菜々花にとって寝耳に水だった。それだから焦っているのかもしれない。

湊士にとっては、できるだけ知られたくなかったに違いない。知られたら、逃げられる可能性のほうが高い。

だからこそ、逃げられない条件をつけている。

（……逃げるもんか）

「湊士さんっ」

詰め寄ってきた湊士に、菜々花のほうから声をかける。「湊士さま」と呼んでいた菜々花が「湊士さん」と呼んだせいか、予想外だとばかりに彼の動きが止まった。

「お腹すきました」

「お腹……？」

「いろいろありすぎて、考えることがたくさんで、お腹すきました。ご飯食べたいです。湊士さんはお腹すいてませんか？」

「あ、いや……俺も少しは……。じゃあ、ディナーを用意させようか。部屋に運ばせることになっているから」

「はいっ」

元気よく笑顔で返事をする。菜々花の雰囲気が変わったので、湊士は少々戸惑っているようだ。

が、すぐにふっと微笑んで菜々花の頭をポンポンッと叩いた。

「……昔の菜々花に戻ったみたいだ」

嬉しそうな笑みに、胸がぎゅんっと締めつけられる。

菜々花だって、頭をポンポンされるのは嫌われる前以来で、あのころのドキドキした気持ちを思い出してしまうと泣きそうだ。

「夕食のメニューってなんですか？　お肉ですか？　お肉だと嬉しいです。なんか精力つきそうだし。湊士さんはたくさん食べてくださいよ、新婚初夜なんでしょう？」

その言葉は、効果覿面すぎた。

「すぐに用意させる。ああ、肉は多めにしてもらおう」

凛々しい顔で菜々花に言うと、張りきってフロント直通の電話に向かった。

そんな彼を見つめ、菜々花は決意をする。
嫌われているならそれでいい。そのぶん、自由だ。
——この結婚、謳歌してやる!!

第二章　愛されてると誤解しそうなくらい抱いて

「新婚初夜……かぁ……」

呟いたとたんに顔が熱くなってきた。湯船に入っているから……ではない。つい今しがたまで顔の熱は感じていなかったので、これはやはり言葉の効果だ。

スイートルームのこじゃれた浴室でひとり入浴をしていた菜々花は、両手でお湯をすくってバシャッと顔にかける。そのまま顔を押さえ大きく息を吐いた。

すごいことになっている。湊士と新婚初夜を迎えるなんて、想像したこともなかった。

（初夜……結婚して初めて迎える夜だから初夜であって、決してエッチなことをするための夜では……）

ない。

だから今夜だって、そんなことがあるとは限らない。

……と、自分に言い聞かせるが、きっと、そういうことは、ある。

――――実質今夜は新婚初夜だし。今からでも問題はないな。菜々花もその気になっているようだし。

突然湊士の声が頭をよぎる。ダイニングテーブルでまな板の鯉になっているときの感覚が唇によみがえってきて、とんでもなく恥ずかしくなった。

「やだっ、もぅっ」

恥ずかしさのあまり思わず頭までお湯に潜り、……すぐに顔を出す。ハアッと大きく息を吐いて浴室の天井を仰いだ。

「……わたし……湊士さんと……」

今夜、湊士と肌を重ねる。菜々花は処女だから、湊士はハジメテの人になるのだ。

幸せなことではないだろうか。初恋の人で、ずっと恋心を胸に秘めていた人に抱かれるなんて。

ドキドキして、そわそわして、期待に胸がふくらみ、体温が上がって……。

(ドキドキが強すぎて心臓が壊れそうだし、そわそわしすぎて挙動不審になりそうだし、こんなことに期待しちゃう自分に自己嫌悪になりつつふくらんだ期待が胸骨を壊しそうだし、体温計が計測不能になりそうなほど高い知恵熱が出てぶっ倒れそうです！！！！)

ザバァッと勢いよく立ち上がり、バスタブのへりに両手をつく。

「駄目だ……落ち着け、わたし」

肩を揺らしながら大きな呼吸を繰り返す。〝新婚初夜〟に過剰反応を示してしまう自分が、なんとも恥ずかしく思えた。

（でも……待てよ……。わたしの場合は置いておいて、湊士さんはいいんだろうか……）

大きな問題に気づいてしまった。

夫婦として身体の関係を持つのを菜々花は問題ないとしても、湊士は嫌いな女を抱けるのだろうか。

いや、抱いてもらっていいのだろうか。

結婚したから。夫婦になったから。そんな義理で肌を重ねなくてはならない状況に追いこまれているのでは。

（湊士さんに、無理させてる⁉）

大変な結論にたどり着いたとき、バスルームのガラス戸が開く気配がした。

「入るぞ、菜々花」

菜々花は大きく目を見開く。

湊士である。

それも、裸だ。

（え？　湊士さん？　なぜ素っ裸でいらっしゃいますか？　いや、お風呂なんだから裸なのは当たり前として、どうして今入って……)

「すみません、湊士さんっ!」

自分にこんな跳躍力があったのかと驚くほどの勢いでバスタブから出ると、菜々花は湊士を横切って一気にバスルームを飛び出す。

「長風呂がすぎましたよね! 申し訳ございませんっ! どうぞごゆっくりぃぃぃっ!」

ガラス戸だということも忘れ、ガラスが割れてもおかしくない強さでドアを閉める。バスタオルを引っ摑み、逃げるようにドレッシングルームから走り去った。

「び……びっくり……した……ぁ……」

息があがる。ハアハアと息を切らし、逃げこんだリビングのソファのうしろで力尽き、頽れた。

その状態で、やっと身体にバスタオルを巻きつける。考えてみればタオルを巻く暇もなかったなんて、どれだけ慌てていたのだろう。

(慌てるって! だって、湊士さん、裸だよ! 素っ裸! びっくりしたよ、なんとなく見ちゃったよ! ……なにを、とは言わないけど!)

両手で顔を覆い、激しく頭を左右に振る。やがてピタリと止まり……。

まるで悪いことでもするような気持ちで、こっそりと先ほどの光景を思い起こした。

——もちろん、湊士の全裸である。

（……夏彦とかお父さんより……おっきかった……）

お風呂上がりに全裸でウロウロする弟や父を思いだし、それを湊士に重ね……。

あまりにも無礼な思考に戦慄した身体が、自然と動いて頭をソファの背面にガンガンと打ちつけた。

（馬鹿っ、馬鹿っ！　天下の花京院湊士殿を、そこらの一般庶民と比べるなんて！　なんて恐れ多いことを，わたしってば‼　花京院コンツェルンの跡取りでいらっしゃるうえに、この世のものとは思えないほどのイケメンぶり、男性の象徴がビックリするくらいおっきいのは当然でしょう！！！！！）

暴論である。

しかし、菜々花には正論なのだ。

（でも、いくら出てくるのが遅いからって、いきなり素っ裸で入ってくるのはどうなんですか、湊士さんっ！）

「菜々花」

「は、はは、はいっ！」

湊士の声がして反射的に返事をしつつ立ち上がる。いつの間にかソファのそばまできていた湊士が、少し驚いた顔で菜々花を見ていた。

髪はしっとりと濡れ、上半身の肌にはまだ水滴がしたたっている。下半身には……タオルが巻かれていたのでホッとした。

入浴は終わったのだろうか。それにしては早い気もする。

「なにをしているんだ？　ソファの裏で」

「あ……いえ……あれですっ、ちょっとあたたまりすぎたので、ここで涼んでいました！」

「涼んで……？」

「湊士さんが痺れを切らして入ってきちゃうほど長湯ですみませんっ。ところで湊士さんはもう入浴が済んだんですか？　早すぎませんかっ？」

ソファの裏にいたことをあまり追及されないように早口でまくしたて、あまつさえ質問を入れる。これで〝ソファの裏潜伏案件〟を回避できるはずだ。

しかし、その程度で納得してくれる湊士ではなかったのである。

「てっきり恥ずかしくて丸まっているのかと思った。菜々花は恥ずかしくなるとかくれる癖があるから」

「えっ」

お見通しである。

「そうだな、お互いの裸を見るのは久しぶりだし、ちょっと恥ずかしくなってしまったのか？　ハハハハハハ」

「あはははははぁ……」

湊士が楽しげに笑うので菜々花も笑う。しかし、なんともやる気のない笑い声になってしまった。

お互いの裸を見るのは久しぶり、そんな意味深すぎる言葉に、どう対応したらいいものか。

おそらく彼は、一緒にプールや海に行ったときの水着姿を少し大げさに言っているのかもしれない。布が少ないし、湊士にいたっては上半身裸だ。

それとも、幼稚園に入る前までときどき一緒にお風呂に入っていたという、菜々花はあまり記憶に残っていないことを湊士は覚えているのかもしれない。

「菜々花が待っていると思ったら呑気に入浴などする気になれなくて、即行でシャワーだけ浴びて出てきた」

ここにきてやっと菜々花の質問が受け入れられる。しかも回答がとびきりイケメンだ。好ましくない女にさえ、新婚初夜だという名目でこんなにも気配りができる湊士。もしかして、いや、もしかしなくても湊士は天才なのではないか。

（さすがだなぁ……。でも、思わせぶりなことばかりをするのも罪ですよ、湊士さんっ）

感動していると、湊士がソファのうしろまでやってくる。

「タオル一枚でいるほど待ちわびていたなら、ベッドで待っていてよかったのに」

「いえ、その、待ちわびていたわけでは……」

（発想が大胆ですね！　そうじさんっ）

否定しかかる菜々花に、湊士は寂しそうな笑みを見せる。

「違うのか？」

それはまるで、秀麗な月下美人がひと晩でその花を終わらせてしまうような、儚い寂しさを思わせる笑み。

好ましくない女にさえ、新婚初夜だという名目でこんなにも気配りができる湊士。……その二。

（やっぱり天才ですよ、湊士さんっ。なんかこう、髪からしたたる水滴と一緒に色気がこぼれ落ちています）

こんな湊士を見て、わずかな否定もできるわけがなく……。

「はい……その、ベッドで待っているのも……なんだか恥ずかしくて……」

いい回答だ。ベッドで待っているなんて考えもつかなかったが、湊士は納得してくれたようで、月下美人が再び咲き誇りそうである。

「そうか、恥ずかしかったのか、仕方がないな」

いきなり身体が浮き上がり、なんと湊士にお姫様抱っこをされてしまった。「ひぁぁっ！」と出そうになった悲鳴を、両手で口を押さえることでなんとか止める。

「そ、湊士さん、重いので、その、下ろして……」

「ん？　重い？　なにがだ？」

　本当に意味がわからないらしく、湊士はそのままスタスタと歩いていく。入ったのはベッドルームだ。

　ベッドサイドテーブルに置かれたルームライトがぼんやりと室内を照らし、お姫様抱っこに固まった身体を下ろされた場所が大きなベッドの上であると教えてくれる。

「菜々花、喉は渇いていないか？」

「は……？　喉、ですか？」

「バスルームを飛び出してソファの裏に直行だったんだろう？　入浴あとだし、喉が渇いているのでは？」

　そう言われれば、湊士に比べて長湯をしていたし、かなり驚いたせいか喉は渇いている気がする。

「少し……」

「そうだろうな。今、なにか持ってきてやるから待っていろ」

「それならわたしが……！　湊士さんにそんなこと……」

「俺が持ってくる。そのあいだに、その厳戒態勢を解いておいてくれ」

　そう言って湊士はベッドルームをあとにした。ぽつんと残された菜々花は、彼の言葉の意味を考える。

「厳戒……態勢？」

呟いてハッと気づく。ベッドに下ろされた菜々花は、胸の上で両腕をクロスし両脚をピッタリ閉じて膝を曲げ、あまつさえ身体をよじるという「見ないでください」を全身で表現している。

まさに、厳戒態勢だ。

「……なんて、あからさまな……」

逆に恥ずかしい。意識しないまま、とっさにやってしまっていた。

（だって、湊士さんに裸を見られるかと思ったら、恥ずかしいし）

ちらりと彼が出ていったドアに目をやり、まだ来る気配がないのを確認しながら全身の力を抜く。ゆっくりと身体を起こすとパラッとタオルが落ちかけ、慌てて両手で胸元を押さえた。

まだ湊士が戻ってくる気配はない。ドアを睨みつけながらベッドから下り、タオルを巻き直す。ベッドの端に腰かけ、大きく息を吐いた。

「……びっくりした」

いきなりのお姫様抱っこ。貴重な体験すぎるというのに、周章狼狽《しゅうしょうろうばい》するあまり堪能する心の余裕がなかった。

（新婚初夜だから、あんなことしてくれたんだろうな。そのうえ、お風呂上がりの飲み物

まで取りに行ってくれるなんて、優しすぎやしませんか、最高ですか湊士さんっ）

好ましくない女にさえ、新婚初夜だという名目でこんなにも気配りができる湊士。……その三。

そして、その四。

あんなにも相手に気を使えるなんて。これを大人の余裕というのだろうか。それとも、百戦錬磨の男の常識だろうか。

……できるなら、前者だと思いたい乙女心である。

「菜々花」

感動に胸を震わせていると、湊士が戻ってくる。両手には海外メーカーのビールの瓶。大きさから三百ミリリットルくらいだろうか。

相変わらずタオルを一枚腰に巻いただけのスタイルだが、改めて見るとそんな姿も神々しく、カッコイイのひと言だ。

（タオル一枚でさえ高級な装いに変えてしまうなんて、さすがです、湊士さんっ）

「ビールでよかったか？　シャンパンも開けていないものがあったんだが、菜々花は長湯だったし、炭酸を一気にいきたいんじゃないかと思って」

笑いながら瓶を渡し、菜々花の横に腰を下ろした湊士は自分のビールに口をつけた。

「瓶から直接飲むなんて、爺やに叱られるな」

楽しげに言う湊士を見て、懐かしさに囚われる。――昔、こうしてふたりで瓶をかたむけて笑い合ったことがあった。

「ラムネ……」

ふと口をついて出たその言葉に、湊士がふっと微笑んだ。

「俺が中学生になったばかりの夏、護衛の目を盗んで、一度だけ菜々花とふたりで夏祭りに行った。そのときにふたりで飲んだラムネ、美味かったな」

楽しそうにビール瓶に口をつける湊士を見つめ、菜々花はあたたかな思い出がよみがえってくるのを感じる。

人混みなどに外出する際、湊士にはよく護衛がつけられていた。お祭りなどのイベントは絶対だ。

そんな護衛の目を盗んで、ふたりだけで小さな神社の夏祭りに出かけたことがある。菜々花がまだ湊士の婚約者ではなく、ただの年下の幼馴染の女の子だったころ。

まだ湊士が、菜々花を妹のようにかわいがってくれていたころ……。

子ども用の丸いプールの中で氷と一緒に水の中に沈められていたラムネの瓶が、夏の陽射しを浴びて宝石のように輝いていた。

嬉しそうに「キラキラして綺麗」と笑った菜々花の言葉を聞き逃す湊士ではない。ラムネを二本買って、ふたりで神社の境内に座って飲んだ。

もちろん、瓶のまま。

――瓶から直接飲むなんて、爺やに叱られるな。

そのとき湊士が、同じ言葉を言った……。

「楽しかったな……」

ビール瓶から口を離し、湊士が呟く。菜々花にとっても、あの日のラムネのようにキラキラした大切な思い出だ。

「今まで行った祭りのなかで、あの祭りが一番楽しかった……」

どこか感慨深げな声に胸が締めつけられる。

「ラムネというものだけはわかっていても、瓶そのものを手にしたことがなくて、開けかたがわからなくて菜々花に笑われたな。結局菜々花が開けてくれて、ビー玉が転がり落ちる瞬間を初めて見て感動してしまった」

湊士が言うそのままの光景が頭の中に浮かんでくる。ラムネの瓶を見て考えこむ彼に「そこのお坊ちゃま君、わたしが開けてしんぜよう」とふざけて胸を叩いた。

瓶の中のビー玉を珍しそうに眺めていた湊士。小学校三年生の菜々花にとって中学生は大人だ。もちろん四歳年上の湊士も、普段から大人っぽかったので例外ではない。

そんな人が、ラムネの瓶を見て目を輝かせている。

つい「かわいい」なんて口から出そうになるのを、必死に耐えた。

でもその「かわいい」は、弟に感じているようなものではないと自覚している。胸の奥が、きゅんきゅん飛び跳ねていたから。

ラムネの瓶は飲んだら返却するのが決まり。返すとき、湊士がちょっと残念そうな顔をしていたのを覚えている。

菜々花も残念だった。記念に持って帰って、宝物にしたかった。

「あのときのラムネ、とても心に残っている。宝石のように美しかった」

「わたしもですよ！　キラキラして、すっごく綺麗で……！　返したくないって、思いました」

湊士が同じ気持ちを口にしてくれたのが嬉しくて、興奮気味に同意する。返したくない、という部分は、本当はいけないことなので控えめに口にする。

「うん、俺も返したくなかった。だから、取り返した」

「はい？」

不思議な言葉を聞いた気がして、目をぱちくりとさせる。

(取り……返した？)

普通はできないことではあるが、花京院コンツェルンの力を使えば瓶の一本や二本、百本や千本、手中に収めるのは可能だろう。

しかしあれは十年以上前のことだ。取り返せるわけがない。

すると湊士は、自分の左手の甲側を顔の横に添える。その薬指には、もちろん菜々花とおそろいの結婚指輪がはまっていた。

「結婚指輪の裏側に、ブルーダイヤを仕込んである。見てみろって言いたいところだけど、外してほしくないからあとで写真を見せてやる」

「ブルーダイヤ？　ああそういえば、結婚指輪とか婚約指輪なんかに人気なんですってね」

「一般的に出回っているのは加工したブルーダイヤだが、これは天然物だ。天然物は希少で、市場にはほぼ出回らない。馴染みの宝石商に手配をさせた。ブルーといっても、天然物はやはり場所によって色に濃淡ができる。――あのときの、輝いていたラムネの瓶のような色を厳選した」

「どうしてそこまで……」

「菜々花との共通の思い出だ。大切だろう？」

湊士がとても楽しそうに話すせいか、胸のきゅんきゅんがまた強くなってきた。このまま内臓がよじれてしまったらどうしようと思うくらい、臍の裏にまで刺激が走る。

（結婚指輪のために、そんなすごいものを用意したんですか!?　共通の思い出のために、そこまで!?）

好ましくない女にさえ、新婚初夜だという名目でこんなにも気配りができる湊士。……

その五。

それでも、たとえいろいろな優しさがただの気配りだとしても……菜々花は嬉しい。

本当なら、もらえるはずなどなかった優しさだ。

婚約者候補から降ろしてほしい、早く湊士が結婚すればお役御免になるのに。そんなことを考え続けていたが、婚約者候補のままでいてよかった。

都合のいい妻として選ばれたのだとしても、忘れられなかった初恋の人と形だけの夫婦になれる。

「菜々花」

自分の指にはまった結婚指輪をしんみりと眺めていると、湊士がその手を握る。

「また一緒に、祭りに行こう」

「お祭り、ですか……？」

「来年、あの神社の祭りだ。そこでラムネを飲もう。今度は俺が、菜々花のぶんも飲み口を開けてやる。このままじゃカッコが悪い」

思わずプッと噴き出してしまった。——なんて、かわいいことを言うんだろう。小さな男の子みたいだ。

「リベンジですか？」

「それと、新しいふたりの思い出を作るため」

新しい、ふたりの思い出。

やはり百戦錬磨の男は違う。この先放置状態になる妻にも、ふたりの思い出を考えてくれている。

（一夫多妻の国って、旦那さんは全部の奥さんを平等に扱うっていうもんね。湊士さんもきっと、複数人の恋人とわたしを、平等にしてくれる人なのかもしれない）

そう思うと、寂しいけれど嬉しくなってくる。完全放置ではなく、ほぼ放置、なのだとすれば湊士と一緒にいられる時間もあるのだろう。

好きな人と一緒にいられる時間と、放置される時間。放置期間は自分の好きなこと、仕事を好きなようにやれる。

――改めて、この結婚、最高では？

そう考えると口元がムズムズしてくる。我慢することなく、菜々花はにっこりと笑顔を作った。

「いいですね。ふたりの思い出、作りましょう」

すると握られていた手が引かれ、湊士に抱きしめられる。片手を握られたままなのでもう片方の手で抱き寄せられたのだが、とても強い力だ。

（湊士さんって……こんなに力が強かったっけ……）

それに、抱きしめられるとわかる胸の広さ。程よい筋肉が男性らしさを感じさせ、なんというか頼もしい。

おまけに、いい匂いがする。香水や整髪料などのにおいではない。湊士自身の匂いだ。

紳士な、大人の匂い。

(なんだろう……気持ちいい……)

彼の腕と匂いに包まれていると、意識がほんわりとしてくる。心地よくて、お腹の奥が熱くなってくる感覚。

心地よさのせいで、すっかり身体を預けてしまっていた。顎をさらわれ唇が重なり、すぐに舌を搦め捕られる。

舌を絡め、くちゅっと吸われるとビールっぽい芳香が口腔内に広がって、ついクスッと笑ってしまう。

「なに?」

「……ビールっぽい味がしました」

「俺は飲んでしまったから。菜々花は全然飲んでいない?」

そういえばそうだ。湊士の話を聞くのに夢中になってしまった。

「飲んでいいですか?」

「いいよ。でもひと飲みだけ。……菜々花に触れたくてたまらなくなっているから」

なんて照れくさいことを言ってくれるのだろう。腕の力がゆるまると、菜々花は瓶に口をつけた。

自分が思うより喉が渇いていたらしい。また喉越しがいいせいでスルスルと身体に吸収されていく。

「……ハアッ！　美味しい〜」

瓶から口を離して大きく息をつく。ドラマかなにかで観た「この一杯のために生きてる」と叫びたいくらいの刺激だ。……しかし生きている理由は同意しかねる。

ハッと……少々行儀の悪い行動だっただろうかと焦りが走った。

湊士が呆れていたらどうしようかと思ったが、彼は菜々花を見てクスクス笑い、瓶を手から取って自分のものと一緒にベッドサイドテーブルに置いた。

「飲みやすいから一気にいけるだろう？　スペイン発祥のビールだ」

「スペイン？　初めて飲みました。美味しいです」

「そうか、それじゃ新居にも用意するとしよう。……ところで、限界だ」

両肩を軽く押され、ゆっくりとベッドに押し倒される。新居という言葉が気になったが、聞くのはお預けになりそうだ。

「タオル、取るぞ？」

「あ、はぃ、ひぁっ」

ちゃんと返事をする前に、タオルが勢いよく身体から離れていく。驚いているうちに片腕でかかえこまれ、ベッドの中央まで身体を移動させられた。

軽々とお姫様抱っこをしたときといい、ずいぶんと力持ちだ。昔はそんなイメージはなかったのだが。

湊士が上から覆いかぶさり、ギュッと抱きしめられる。彼のタオルの気配もなくふたりとも全裸だ。

素肌の感触が伝わってくる。恥ずかしいけれど、……気持ちいい。

(湊士さんの……肌)

覆いかぶさっているといっても、おそらく全体重はかけていないだろう。それでも、男性らしい胸板に潰された胸のふくらみに、彼の鼓動が伝わってくる。

大きな鼓動は、少し速い。

(わたしと同じ……)

彼もドキドキしているのだと思うと、嬉しくて自然と両腕が湊士の背中に回った。

「ああ、俺と同じだ」

湊士と目を合わせると、彼はふわりと微笑む。

「菜々花の鼓動が伝わってくる。すごくドキドキしていて、俺と同じだな」

「はい、同じです」

嬉しさが顔に出ていたのかもしれない。すぐに唇が重なった。

初めての菜々花がドキドキするのはともかく、湊士までドキドキしてくれるなんて、なんてすごいことだろう。

菜々花を抱きしめていた両手が胸のふくらみに回ってくる。湊士が上半身を浮かせたので、脇から寄せ上げられた胸肉が大きく盛り上がった。

キスをしているのでその形状は見えないが、自分が知っているボリュームより大きいのはわかった。

「ん……」

回すように揉みしだかれて、胸のふくらみがぐにゅぐにゅと形を変えている。なんだか、そんなに揉まれたら本当に形が変わってしまいそうだ。

そのせいなのか胸が熱い。表面ではなく内側が、じわじわと熱がしたたり落ちるようなむず痒さでいっぱいになってくる。

「ぁ……ハァ、あ、んっ」

重なった唇の隙間から漏れる吐息は甘く、いやらしさを感じてちょっと恥ずかしい。

「ずいぶん大きくなったんだな。俺が知っているころと違う」

「なにが……ァあんっ！」

聞こうとした答えはすぐにわかる。湊士が胸の頂を咥えるように吸いついたのだ。

おそらく胸の大きさのことだろう。中学生のころは人並みより小さいくらいだった。胸が育ったのは高校生になってから、人並みより大きくなった。

吸引され胸の突起を嬲るように舌を大きく回され、えもいわれぬ感覚に官能の炎が大きく揺らめく。ゾクゾクとしたものが背筋をせり上がってきて、腰を反らせながら湊士の頭に添えた手で髪を混ぜた。

「湊、士……さんっ、やっ、あ、ハァ、ああっ」

「わかっている、気持ちいいんだろう？　乳首もこんなに尖ってしまっているし」

とっさの恥ずかしさと驚きで思わず視線を下げる。見たこともないくらい赤くなってふくらんだ胸の突起に、湊士が舌を撫でつけていた。

「まるで舐めてくれと言わんばかりだな。菜々花は、感じるとこんなに大胆になるのか」

なんていやらしい光景なのだろう。大胆という言葉が「いやらしい女だ」と言われているように思えて、カアッと体温が上がり湊士の舌が触れている部分の疼きが大きくなった。

「あンッ、ん、ダメ、ムズムズするから、ムズムズするからぁ……」

「そうか、ムズムズするから、こっちもしてほしいんだな」

自分なりの解釈を披露しつつ、嬉々として反対側の胸のふくらみを咥えこむ。同じく吸引し胸の突起を嬲るように舌を大きく回した。

「……やっ、ぁあっ……ダメェっ、ああっ！」

それも今度は湊士のせいで尖り勃ってしまった乳頭を指でつまみ、くにくにと揉み立て

ている。

こんなの、耐えられるはずがない。湊士の髪を掴み、ときに混ぜながら、菜々花は自分とは思えないようなはしたない声をあげ続けた。

「あぁぁンッ、やっ……あっ、そうじ、さっ……！」

あまりの刺激に腰が上下する。脚の付け根がムズムズして、両腿をピッタリ閉じて擦り動かした。

こうすると、少しだけこのもどかしさを堪えられる。しかしなんとなく尿意を我慢しているかのようで恥ずかしくもあった。

そして腰を上下するたびに、お腹の奥からなにかがあふれてくるのがわかる。気泡のようなものが押し進んできて、脚の付け根あたりに熱いものになって広がるのだ。

「ンッ……んん、やぁぁん……」

「想像していた以上だ。かわいいな、菜々花」

「湊士、さっ……ぁあンッ！」

想像していた、という言葉が引っかかり口出ししようとしたが、新しい刺激がそれを吹き飛ばす。今まで脇や腰をまさぐっていたもう片方の手が、ぴったりと閉じた太腿のあわいを探りはじめたのだ。

恥丘を押すように手のひらで撫でられ、じんわりと恥骨全体があたたかくなってくる。

撫でていると思えば軽く揉まれ、そのたびに薄い繁みが潤っていく気がする。

まさか彼の手汗ではないだろうし、だとすれば……。

（やっぱりそうなんだ……。恥ずかしい……）

その原因に自分で気づいたタイミングで、湊士がクスリと笑うのが聞こえた。さらに羞恥が加速する。あまりに恥ずかしくて両手で顔を覆った。

「ごめんなさいっ、すごく濡れ……」

「菜々花のここはとても柔らかいんだな。ぷっくり盛り上がって、本当に丘のようだ」

……言葉が出ない。というか、コメントに困る。湊士は今さわっている部分について言っているのだろうが、「そうですよねー、丘みたいですよねー」なんて言うわけにもいかない。

（え？　ソコって、普通に柔らかいものじゃないの？　もしかしてもっと弾力があるものなの？　本当に丘みたい、って、盛り上がっているものじゃないの？　もしかしてわたしがぷっくりしすぎているとか!?）

温泉などで同性の裸を見たことはあっても、下半身まではじっくりと見ない。かといって友だちとのあいだで、そんな部分の話題が出ることもない。

女性の性器周りを揶揄する言葉のひとつに、その部分がふっくらしていることを強調するものがあったように思う。

（もしかしてわたしって、それなの⁉）

考えたくはないが、女性に関しては百戦錬磨の湊士が珍しそうに言うのだ。きっとそうなのだろう。

当の湊士はといえば、恥丘の柔肉を五本の指でつまむように揉み上げている。それが妙に嬉しそうなのだ。

また、そうやって恥骨周辺をいじられると……とても気持ちがいい。脚のあいだの泥濘《ぬかるみ》がどんどん増していく……。

「ダメ……そんなに、いじらな、いで、くださ……あっ」

「しかし、こうして揉んでいると、この合わせ目から菜々花が感じている証があふれ出してくる。それが嬉しくてやめられない」

「すっ、すみませんっ、あふれさせちゃってすみませんっ」

手で顔を覆ってしまうほど恥ずかしかったもともとの原因を指摘され、さらに羞恥が加速する。処女なのに、こんなにも感じてしまって申し訳なささえ感じる。

「謝らなくてもいい。むしろ、愛液とはこんなにも流れるようにあふれるものなのだと知れて驚きだ。それを教えてくれたのが菜々花なのだと思えば、感動的ですらある」

（ああああああああ、すみません、すみません、すみませんんん！！！！）

恥ずかしさと申し訳なさのゲージが振り切れてしまいそうだ。

菜々花があまりにも濡れてしまうので湊士が驚いている。ということは、ここまで愛液を垂れ流す女を見たのは初めてなのだろう。

(もしかしてわたしって、ものすごくいやらしいとか？)

湊士のセリフから考えるに、少なくとも彼の世界観に存在する女性たちのような〝慎ましやか〟さはないということだろう。

こんな〝庶民〟な女と結婚なんて、彼は後悔していないのだろうか。……とは思えど、都合よく〝庶民〟でなくてはいけない理由があるのだから後悔なんて感情の選択はないのかもしれない。

(ああ、そうか……)

後悔の選択肢がないほど割り切っているから、嫌いな女でもこうして普通に抱こうとできるのかもしれない。

高揚していた感情が、刹那、スンッと冷める。

が、それはすぐに湊士によって引き戻された。

「しっとりと潤って柔らかくて、喰いつきたくてたまらない」

(……喰いつき……)

本能的にその意味を悟る。ハッと顔から手を離した瞬間、その感触は訪れた。広げた両脚のあいだに、湊士が顔を埋めたのだ。

「湊士さっ……あぁっ！」

舌で大きく秘裂を舐め上げ、咥えるように恥丘に吸いつく。そうしながら舌で割れ目の先端にある器官を愛でた。

「はっ……ぁ、やぁ……あっ」

なんともいえない感覚が走り、とっさに両手で湊士の頭を押し戻そうとしたが、なぜか彼の髪をしっかりと摑むにとどまってしまった。

もどかしい痺れは痛いくらいなのに、それでもずくんずくんとお腹の奥に響いてきて、収縮しながらあたたかなものがあふれ出す。

舌先で刺激的な突起を嬲りながら、湊士の指は泥濘の中で遊ぶ。小さな花びらの隙間をなぞり潤沢な蜜を弾いた。

「ぁ……ンッ、はぁ、あっ、そこ、ダメ、です……痺れ……ぁああっ……！」

なんと言ったらいいのかわからない。初めて触れられる快感を司る場所は痛いくらい刺激的で、あまりさわらないでほしいと思う反面、お腹の奥に響く刺激がもっと欲しいとも感じてしまうのだ。

「ンッ、ん……ダメェ、湊士、さんっ……ンッ、ぁ」

刺激に耐えられなくて腰が上下する。左右に動くと痛感が多少やわらいだ。

「……もしかして、痛いのか？」

湊士が顔を上げる。舌が離れたことで強い刺激がなくなり腰の力が抜けた。しかし熱い膜で覆われたような疼きが残っている。

「俺の舌から逃げているように思う。声も苦しそうだ。ここをいじられるのはつらいか？」

「す、すみません……逃げているつもりは……」

直接的にはなかったかもしれないが、刺激を耐えようと腰が動いていたとき自然とそれをやわらげようとしていた。

声も切羽詰まったものになっていたのだろう。それだから湊士は気になったのだ。

不快にさせてしまっただろうか。痛くてもかゆくてもくすぐったくても、それを受け入れなくてはならないのに。

「あの、もう逃げませ……ひゃぁっ」

覚悟を決めた瞬間に走る刺激。先ほどまで痛感をともなった場所に、くすぐったいような優しい気持ちよさが生まれる。

「そ、湊士さん……」

おそるおそる目をやれば、湊士が恥ずかしい場所を凝視しながら指で刺激を加えている。

驚くほど真剣な表情で見ていて、菜々花のほうが困惑してしまう。

「これなら痛くないか？」

「え？　はい……」

優しい快感に、ほわっとした熱がこもってくる。快感の頂点ではなく、その周囲を押したりなぞったりしているようだ。

「とても……心地よくて、ぁっ……ハァ」

吐く息が熱くなる。先ほどとは大違い、そこからうっとりする熱が全身に広がっていく。

「やはり処女だと、触れられることに慣れていないとつらいのだな。すまなかった」

「いえ、そんな、……つらいばかりじゃなくて、なんというか、こう、お腹の奥におかしな欲求の刺激が走ったりもしたので、たぶん、いやではなかったと思いますし……ふぅ、うん……」

どう説明したらいいのだろう。こんな感覚は初めてなだけに、適切な言葉が見つからない。おまけにいじられている部分が気持ちよくて頭が回らなくなってきた。

「そうか、身体は求めているのに快感が大きすぎて受けとめきれていないという感じだな。気持ちいいのに、つらい。菜々花の気持ち、理解した」

「そう、ですね……、あ……ありがとう、ございます……」

とても恥ずかしい理解をされてしまった気がする。しかし湊士は満足そうだ。天下の花京院湊士殿が満足なら、それが正義だ。

「菜々花」

湊士が身体を上げて顔を近づけてくる。髪を摑んでいた手を離すと左手を取られ握られた。

「ハジメテなのだから快感を享受しきれないのは当然だ。俺も初めてのことで理解してやれなかった。すまない」

「いいえ、そんな。……謝らないでください」

どうやら、湊士は処女を相手にするのは初めてのようだ。快感に慣れた女性なら、先ほどの行為はとても大きな快感を得られるものなのだろう。

かえって、処女であることが申し訳ない。湊士に気を使わせてばかりではないか。

「すみません、わたしが、ハジメテだから……。もしこうなることがわかっていれば、慣れる努力をしておいたのですけど……」

とはいうものの、慣れる努力、とは具体的になにをしたらいいのかはわからない。

男遊びなんて絶対に無理だし、かといって自分でさわって慣れる努力をするというのも……無理な気はするが、花京院湊士殿にご面倒をかけないためだと思えばできたかもしれない。

「なにを言っている。回数を重ねれば慣れるだろう。菜々花の身体を慣らすのは俺だけでいい。よけいな気を回すな」

「はい……」

(回数を重ねる、とか、身体を慣らす、とか、えっちですね!!)

彼の妻になったのだから、いくら恋人を持ったとしても性行為に慣れる程度には身体を重ねる機会があるということだ。

それはそれで嬉しい。こうして湊士と肌を重ねられる。あの優しい熱を帯びた快感を、幾度となく彼からもらえる。

(それだけで、幸せ)

「いい顔だ。かわいいよ、菜々花」

湊士に触れてもらえることに幸せを感じている様子がお気に召したようだ。唇が重なり、視線を絡めて、微笑み合った。

「でも今は、一番慣らしておかなくちゃいけない場所がある」

「今、ですか?」

「そう、ここ」

「……ひっンッ」

とっさに引き攣った声をあげてしまった。目の前にある秀麗な顔がくすぐったげに笑む。こんな綺麗な顔の前で醜顔はさらしたくない。しかしどうしても表情は歪んでいく。

今、湊士の指が菜々花の秘裂で踊っている。彼が「慣らしておかなくちゃいけない場所」と指定した膣口が重点的にさすられ、入り口に軽く指先を浸しては浅瀬をこすり回されている。

それがなんともいえない快感ともどかしさを連れてくる。もっと奥まで入ってきてほしいとうねる膣壁、感じているとわざわざ教えるように恥骨が細かく上下し、いじられる蜜口からはしとどに蜜が噴きこぼれる。

「ああ、かわいいな。感じている顔、とてもいい」

かわいいだなんて、気を使ってくれているとしか思えない。快感と驚きで、きっととても滑稽な顔をしているに違いない。

手で顔を覆ってしまいたい。しかしそれを許してはもらえないくらい湊士の顔が近い。

「湊士、さっ……あぁっ」

「ずっと見ていたいけど、こっちも放っておけないな」

顔が離れた、が、次の瞬間、膝を立てながら両脚を開かれる。今しがた指で泣かされていた蜜口に、湊士が吸いついた。

「湊、士、さんっ……！」

肘をついて上半身がわずかに起きる。起き上がろうとか思ったわけではなく、ただ反射的に動いてしまっただけだった。

しかしその反動で見てしまったのは、蜜口にむしゃぶりつく湊士だ。

じゅぶじゅぶと派手な音をたてながら、蜜口からあふれ秘裂をいっぱいにしている愛液を貪っている。

濡れすぎているから拭き取るなどならまだしも、彼の唇が、舌が、このいやらしい液体をすすり取っている。

（そうじさん……むちゃくちゃえっちですねっ！）

こんな湊士を直視してもいいのだろうか。怜悧でクールな彼の、こんな乱れた姿を、庶民の女の身体にむしゃぶりついている、ある意味お行儀の悪い花京院湊士殿を、見てしまっていいのだろうか。

そう思っても、湊士の姿から目が離せない。

（これは、湊士さんがわたしに夢中になってくれているってことで……いいの？）

悲しい思い出の日から無関心だった湊士が、今は菜々花を気持ちの中に置いてくれているのがとてもよくわかる。

たとえそれが性欲がらみだとしても、利便性のある結婚をしたからであっても。

長いこと彼に視界の隅にさえ入れてもらえなかったことを考えれば、とても嬉しい。

「あっぁ、湊士、さんっ、そんなに、舐めちゃ……ダメェ、あぁぁんっ」

「シーツがぐしゅぐしゅになるほど垂らしていたくせに、ダメとか言うな」

「でも、それは……やぁぁ、あっ、ぁ、はぅぅ」

舌だけでは飽き足らず、指の腹で蜜口をふさぐように押される。そうするとなぜか臍の裏にまで刺激が走って、腰が飛び跳ねた。

「こんなに感じてくれて、嬉しいよ」

「湊士さ……ん、ああっ、あっ！」

――嬉しい。

湊士が喜んでくれている。彼を喜ばせることができている。彼に大きな失望を与えてしまった過去を持つ自分が。

「湊士さん……もっと……」

「ん？」

「もっと……湊士さんが嬉しいこと、して、くださ……ハァ、あっ、んぅ」

――もっと彼に、喜んでもらいたい。

「いいのか？」

「……はい」

湊士に喜んでもらいたい。純粋にそれだけの気持ちだった。それがどんなことかなど考えてはいなかったが、次の瞬間大きな心地よさが生まれたのだ。

「なに……アッ、やぁんっ……！」

とっさに両手を伸ばしたせいで肘の支えを失った身体がシーツに落ちる。湊士の髪を掴みかけ、手前で止まった。

先ほど慣れない刺激でつらかった場所に舌が移動したので、またもや同じ刺激が与えられるのではと焦ったのだ。しかし……。

「ンッ、ん……そこぉ……」

そこから広がるのは、蕩けていきそうなもどかしい愉悦。

「ぁぁあっ、ダメェっ……んん……」

「やはり直接的ではない陰核の周囲なら、快感も優しいようだ」

どうやら彼は秘珠本体ではなく、その周囲に愛撫の手を加えているらしい。周囲は少しさわられていたが、それよりも刺激的で愉悦が大きい。

舐める舌の力は強く、陰核の周囲を押しつつ秘珠の台座を刺激していく。おまけに指が膣孔の浅瀬で遊び、蜜口を弾いては押し広げあふれる蜜をまき散らす。

「やっ、や……湊士さっ……、やぁぁん」

「ん……」

首を左右に振り、湊士の髪を摑み損ねた手で自分の両太腿を鷲摑みにして、忙しなく両足でシーツを擦る。

きっと、愉悦で歪んだみっともない表情をしているに違いない。湊士の前でこんな顔は恥ずかしいと思っても、やはり意識して引き締められるものではないのだ。

——とんでもなく、気持ちがいいから。

「ハァ、あっ、ああっ、ダメ……ダメ、湊士さん、腰、とけちゃ……うぅぅん」

「ん～」

菜々花の必死の哀願が届いているのかいないのか。湊士は生返事をするばかりで一向にやめる気配も手加減する気配も見せない。

気持ちよさが身体から抜けないまま、どんどんどんどん溜まっていく。腰の奥からお尻にかけてが重たくなって、そのまま蕩けていってしまいそうだ。

蕩ける、は少し違うだろうか。重く感じるほど溜まったもどかしさが、勢いをつけて弾けてしまいそうというのが正しいかもしれない。

「なんか……なん、か、あぁっ……ぱぁんって、なり、そ、やぁぁんっ……！」

すごく幼稚な説明だと思うが、これしか言えない。笑われても仕方がないと諦めがつくほど、頭が回らないのだ。

初めて知ったこの愉悦に、すべてを持っていかれているよう……。

「ぱぁん、っか。よし、〝ぱぁん〟ってなってもいい、許す」

「ゆ、許さないでくださ……ひゃぁぁん……！」

嬉々として許しを出されたが、〝ぱぁん〟の正体がなんなのかもわからないのに、「はい、わかりました」で処理できることではない。

それなのに湊士は、つらいと知っているはずの陰核を口に含み、じゅるっと吸い上げたのだ。

「ダメェっ……湊士さっぁ……！」

きっとまた、なんとも言えない痛みを伴うもどかしさでつらくなる。とっさに考えて出た哀願は、……途中で止まる。

（……なに、これ……）

言葉が出ない。

「……やっ、ぁンッ、あああっ！」

喜悦の声しか出ない。おかしいのだ。あんなにつらかったはずなのに。

――気持ちいい……。

それも、とんでもなく気持ちがいい。重くなって破裂しそうな疼きが、今すぐ爆発してしまいそうだ。

そんな強い疼きの反乱を、性的な刺激が初めての菜々花に耐えられるはずがなかった。

「やぁぁあっ！　ぱあん、って、なるぅっ……あぁぁ――！」

重たい疼きが弾け、霧状になって全身に広がる。脚の付け根が攣り、腰が反った。

「あぁ……あっ」

腰は軽くなったものの、余韻が強い。甘い痺れが腹部を巡って、散々指でいじられていた蜜穴がピクピクと蠢いている。

脚のあいだから顔を上げた湊士がクスリと笑った。

「〝ぱぁん〟ってなったか？　とても愛らしい声だった」

改めて言われると、一気に羞恥のレベルが上がり頬が熱くなる。「ぱあん、って、なるぅっ」なんて、子どものような言葉でなんて恥ずかしいことを言ってしまったのだろう。

菜々花は照れるあまり両手を伸ばして左右に振る。

「湊士さん、あれはですね、あのっ……！」

「ああ、ピクピクしているな。物足りないのかい？」

「ンッ！　ぅっ」

言葉も息も詰まった。彼の言う「ピクピクしている」部分を、湊士が指の腹でグリグリとこすりはじめたのだ。

「はぅ……ぁっ、あっ、やぁ、まだ、ダメェ……」

余韻で痺れているところへ新たな刺激が襲いかかる。またそれが先ほどと同じ快感を蓄積させた。

このままでは〝ぱぁん〟が再びやってきてしまう。

それはそれでいいような……しかし駄目なような。

「ぁ、ハァ、湊士、さんっ……ああっ、ダメ、また……！」

「ほら、気持ちいいなら遠慮をしないでイくといい。……俺に、その顔を見せてくれ」

極限状態を作りつつ、湊士は身体を上げて菜々花に顔を近づける。またもやみっともない表情を見られてしまうと思うと両手でかくしてしまいたいが、心も身体もそんな余裕はなかった。

抵抗の余地なく、菜々花はあっさりと二度目の限界を迎えたのである。

「あああっ……やぁぁん――――！」

喜悦の声をあげた次の瞬間、力が抜けてシーツに伸びる。頭がふわっとして意識が抜けていきそうになったが、湊士にキスをされて留まった。

強く吸いつかれて目の前に小さな火花が散る。唇が離れ、大きな吐息が漏れた。

そんな菜々花の顔を、湊士はゆっくりと手のひらで撫でる。じっくり、まるで顔の造形を感じようとするかのように、手のひらで、指先で、皮膚をたどっていく。

「ああ、いいな、とてもかわいらしい。二度達したおかげで、肌が熱を帯びて興奮していたのが伝わってくる。こんなにも息を荒らげて、気持ちよかったんだな。意識がトびそうになっていたし」

「……湊士さん」

ずいぶんと湊士の感情が昂っているように思える。菜々花が限界を迎えた姿を前にして、変に興奮しているとでもいうのだろうか。

感情が昂ると言えば配慮のある言い回しだが、悪く言えば変態っぽくて少し怖い、というところだろうか。

困ってしまうのは、そんな変態っぽい湊士も素敵に見えてしまうことだ。

(湊士さんが……わたしを見て興奮してる)

そう思うだけで胸がきゅんきゅんする。嫌われていると信じて疑わなかった想い人にこんな反応をされて、ドキドキしないわけがない。

「これ以上我慢させないでくれ。おかしくなりそうだ」

湊士が菜々花から離れ、ベッドサイドテーブルの上に置かれたトレイに手を伸ばす。そんなものが置かれているのを今知った。革製のとても立派なトレイだ。よく見る小物入れのようだが、ノートほどの大きさがある。

彼が手に取ったものを視界に入れてドキッとした。

寝室、それもベッドのそばに置かれているという状況を鑑みても、間違いはない。——避妊具だ。

(そうか、そうだよね。跡取りがなんたらとか言ったって、こっちはハジメテなんだし避妊くらいはしてくれるよね。最初から……なんだ、その、ナカにダされるっていうのも……アレだし……)

慣れないことを考えようとしているせいか思考がおかしい。誰に聞かれているわけではないのに照れが出る。

せめて違うことに気をそらそうとするが、今度は目についたものが妙に気になり出した。

(あのトレイ、ちょっと大きすぎるんじゃないかな。避妊具って小さいし、一枚や二枚、あんな大きなものに入れて置いとかなくたって……)

そこまで考えてハッとする。式典などで、大切なものや高価なものを保管する入れ物は、たいていサイズが大げさだ。つまり、大切なものだからあのサイズなのでは。

大切なものと考えると、さらに照れてしまう。連続で達した熱が冷めやらないなか、別の意味で頬が熱くなってくる。

(いや、入れ物が大きいくらいなんなの。だいいち、本当に大切なものだし、別にいいじゃないの)

「菜々花?」

「……はぃぃっ」

急に声をかけられてにわかに慌てる。湊士はといえば、ベッドの端に腰かけて菜々花に顔を向けていた。

「どうした? なにか真剣に見ていたようだが……、あっ、もしかして、これを見たいのか?」

差し出してきたのは丁寧に封を切られた避妊具のパッケージだ。中身が入っていないように見受けられるのは、彼がもう片方の手に持っているか、……すでに装着済みか。

「ち、違うんですっ。これじゃなくて、あっちの、入れ物のほうっ」

パッケージを見せびらかされても困ってしまう。菜々花がケースを指さすと、湊士は抜け殻をゴミ箱に捨ててケースを手に取った。

「これか？　新婚初夜だし、用意はするだろう？」

「入れ物が大きいなー、なんて思ってしまって」

恥ずかしい話題に触れてしまったことをごまかすようにアハハと笑う。まだ余韻で下半身がじんじんしているせいで、力ないものになってしまった気がする。

しかしその笑いは、ケースの内側が目に入った瞬間に止まった。

――そこには、避妊具が綺麗に並べられていたのである。

（どうしてこんなに!?）

目が点になるとは、まさしくこのこと。

薄明りのなか、それぞれ違うパッケージの避妊具が四種類、規則正しく横並びになっている。

「……一個か、……二個が、こう仰々しく置かれているのかと思ったんです。貴重品とか置かれている台みたいに」

わずかに声が震える。そんな菜々花の気持ちを意に介さず、湊士はにこやかに言い放つ。

「ふた晩ほど新妻とゆっくりするのに、一個か二個では困るだろう？　俺はもっと多いほうがいいと言ったのだが、『奥様に引かれますから初夜くらいは控えてください』と世話役に叱られた」

世話役さんナイスです、という気持ちと、ふた晩とはなんだろう、という疑問と、〝新妻〟という言葉に胸が沸き立って、そのすべてがごちゃごちゃと混ざり合う。

どうも自分が知らない予定が進行している気がしてならない。ひとまず一番気になる部分に切りこんでみた。

「すみません、ふた晩ということは、帰りは日曜日……ということになるんですか?」

「日曜もゆっくりしてホテルでディナーをとってから帰ってもいいし、昼過ぎに新居へ戻ってくつろぐという手もある。菜々花はどちらがいい? そういえば、ふた晩泊まる予定は言っていなかったか?」

今できる限りの力を込めてうなずく。ふた晩どころか、初夜というものが終了したら帰ると当然のように思っていたくらいだ。

二泊三日、この豪華な部屋で湊士と過ごすのだということはわかった。

しかし。

新たにわからないことが発生してしまった。

〝新居〟とはなんだ。

言葉自体は知っているし、どういう意味かも知っている。しかし、今その言葉を使われる理由がわからない。

「そうだったか。すまなかった。思い返してみると、俺も言った覚えがない。入籍するのだと思うと緊張してしまって。夫婦になるのだということと初夜にばかり考えを持っていかれてしまっていた。初めてのことなのだから、不安がらせないよう上手くやらなくてはと」

楽しげに言いながら湊士が戻ってくる。実に爽やかに決意を語ってくれてはいるが、内容が内容なのでどう反応したらいいものか迷う。

しかし湊士が、処女の菜々花に対してこんなにも考えていてくれたなんて。少し感動してしまう。

(本当に、本当に湊士さんはできた人間だ！)

好ましくない女にさえ、新婚初夜だという名目でこんなにも気配りができる湊士。……その、……もういくつ目かわからない。

「ふたりでゆっくり過ごそう。いいだろう？」

幼いころから恋い焦がれた人を前に、ここで首を横に振れるはずもなく。だいたい、この状況で否定などできるものか。

湊士と見つめ合い、そのまま眼球が蕩けそうになりながらうなずく。唇が重なったとき、膝を立てられ両脚が開かれた。

「菜々花、脚の力を抜いて。できるだけでいい」

「はい……」

従順に返事はするが、快感が上り詰める経験を続けざまに二度もしてしまったせいで、脚に力など入ってはいない。

重い疼きを残す部分に熱い塊があたっているのはわかっても、ジンジンとする感覚と緊張が強くなっていくだけだ。

「ハァ……ふ、ぅ……ンッ……」

優しく重なる唇のあわいから切ない吐息がこぼれる。秘所にあてがわれた湊士自身が、目的地へ向かうことなく蜜溜まりで上下に擦り動かされている。

指や舌でいじられるのとはまた違う感触だ。硬く熱い皮膚の塊が、割れ目いっぱいにはまり込んで滑らかに動いている。

「ンッ……ん、は、ぁ、ぁっ」

感じる場所を、あますところなく刺激されているようなものだ。官能が騒がないはずがない。あふれる蜜液のせいで、擦り動かされるごとにぐじゅぐじゅといやらしい音がする。

秘部が熱くてたまらない。このまま溶けてしまうのではないだろうか。

「は……ぅ、ンッ、そう……じ、さ……ぁ」

「菜々……花、ぅっ……ンッ」

ふと、湊士の吐息が苦しげなのに気づく。なにかに耐えているような雰囲気だ。焦っているように感じるのは気のせいだろう。彼がこんな場面で焦りなど見せるはずはない。

熱塊は、変わらずずりずりと擦り動かされている。膣孔の入り口に引っかかりはするのだが、先端が滑ってなかなか挿入されない。

膣口が絶えず刺激されているせいなのか、そこが疼いて仕方がない。おまけに甘い熱が腰の奥にまで広がってくるというダブルコンボ。

――もっと強い刺激が欲しい……。

それがどういうことなのかわかっているし、いやらしいことなのだというのもわかっている。それでも、湊士がくれるであろう刺激を、身体が求めてやまない。

(早く……湊士さんが……)

「欲しぃ……の、我慢……できな……ぁっ」

「わかった。すまない」

思っていたことが口に出てしまったようだ。とても恥ずかしいことを言ってしまったと感じるが、それを取り繕う余裕はない。湊士が素早く身体を起こし、秘裂で遊んでいた彼自身に手を添えて熱く疼いている場所へと導いた。

ぐにゅり、と入り口が大きく広がる感触と圧迫感。

――そして……。

「あっ……あぁっ――――！」

「くっ！　……ぁっ」

痛感にも似た刺激に触発され、熱い疼きが大きく爆ぜる。達した衝動で腰が反り、まだ先端しか挿入できていなかったであろう湊士自身が抜け落ちたのがわかった。

菜々花のせいで初挿入とならなかったことに焦って腰を下ろす。しかし……。

なぜか湊士は再挿入しないまま菜々花から離れた。

せっかくこれからというときにおかしな動きをしてしまったから、怒ったのだろうか。それとも破瓜の痛みを感じるはずの場面で、こともあろうに達してしまったから呆れたのだろうか。

菜々花は処女だ。それなのに初挿入の場面でいきなりこんな反応をするなんて。いやらしいにもほどがないか。

(どうしよう、謝ったほうがいいよね)

湊士はといえば、菜々花に背を向けるようにベッドの端に座り、……なぜか避妊具が置かれたケースからひとつ手に取った。

どうやら着け替えるようだ。なんとなく得た知識でしか知らないが、避妊具は男性が精を吐いたあとに外したり着け替えたりするものであって、女性の愛液で表面がぬるぬるするからといってチェンジするものではないと思うのだが……。

……なにぶん、この二十六年の人生のなかで縁のない代物なので、本当のところがどうなのかはわからない。

もしかしたら、そういう人もいるのかもしれない。セレブ、そのなかでも花京院家のような由緒正しいセレブ・オブ・セレブにとっては普通のことなのかも。

それでも、着け替えなくてはならない原因を作ったのは菜々花だろう。破瓜の刺激でおかしな動きをしたせいで、肝心なものが抜けてしまったのだろうから。

「あの……湊士さん」

「なんだ?」

「すみませんでした。わたしが……おかしな動きをしたから……」

「達した衝動だろう? 仕方がない。特別謝ることでもないと思うが? それに、挿入前の行為が刺激的だったのは俺も同じだし」

「そう……ですね」

「しかし菜々花も初挿入で達してしまうなんて。俺たちはよっぽど身体の相性がいいんだな」

カアァッと顔の温度が上がる。身体の相性がいいとか、嬉しいけれど喜んでいいものか絶妙に困る。

あわあわしているあいだに湊士が戻ってくる。脚を開かれドキッとして彼を見ると、真剣な瞳で見つめられて再びドキッとした。

「この先どんなことがあろうと、菜々花は俺の妻だ」

この場面で、このセリフ。——これは、念を押されたのかもしれない。

すぐか、しばらく経ってからか、湊士は跡取り問題をクリアするために複数の恋人を持つ。先に感じたとおり、自分にかかわるすべての女性を公平に扱おうと、彼は考えている。

湊士と会えない日もあるだろう、声も聞けない日もあるだろう。肌を合わせない日が、何日も続くこともあるだろう。

それでも、菜々花は湊士の〝妻〟なのだと。

「……はい、ありがとうございます」

念を押されるまでもない。

それを納得して結婚したのだから。

下半身に圧迫感が訪れる。強いものがググっと圧し上がってきて、鈍痛とともに腰が重くなっていった。

「あっ……ハァ、あっ……！」

「痛いか？　すまない、これだけは、どうにもしてやれない」

少しずつ腰を進めてくる湊士の声が無理をして笑っているように聞こえるのは、菜々花を不安にさせまいとしているのだろう。

それを察して、菜々花は左右に首を振る。

「大丈夫、です……。思っていたより……痛くない……」

強がりではなく、これは本心だ。やはりハジメテのときは痛いのだろうと当然のように思いこんでいたので、予想していたよりも痛くはないし、この程度なら余裕で我慢もできる。

「だから……、あっ、ぁ、遠慮、しな……ぃ、ハァぁあっ……」

ずりっ、ずりっ、と狭い隘路を拓かれていくたび、身体の中が埋まっていく圧迫感で息があがる。しかしこんな苦しげな反応ばかりを見せていたら、湊士が勘違いをしてしまうのではないか。

そう思っていた矢先に湊士の動きが止まった。

「やはり、痛くてつらいのだな。安心しろ、無理はさせない。今の状態でも、夫婦として繋がったことにはなる」

――ほら、やっぱりそういうことを言う。

優しいんだから……。心の裡で笑い飛ばし、身体の横で摑んでいたシーツから手を離して、代わりに湊士の腰を摑む。

いきなり腰に手を添えられると思ってはいなかったのだろう。彼が少し驚いた表情を見せた。

彼の勘違いのままにしていたら、この状態で初夜が終わってしまう。痛みが引いて菜々花の身体が落ち着いたら再チャレンジすればいい、くらいに思っているだろう。

そんな気遣いはいらないのに。

「大丈夫……、痛くなんかないんです。ただ……、感じたことのない、大きなものが……入ってくるから、……身体がびっくりしてるっていうか、それと大きいものが入ってくる圧迫感で、こう、息苦しくなってるだけ、なので、だから……！」

もっと、湊士が満足のいくところまで繋がってほしい。そんな思いを込めて彼を見る。

……と、少々複雑な面持ちで視線だけを横にそらしている。……ように見える。

（え？　……照れてる？）

とっさにそう思ったが秒で振り払う。完璧クールな湊士が、まさか好きでもない女の前で照れるわけがないではないか。

笑い声をあげたり微笑んだりするのとは違う。照れてみせる、なんて高度な気遣いを求めてはいけない。きっとこれは、薄明かりのなかで幻覚を見たに違いない。

「……大きい大きいと連呼するな……」

湊士がなにか呟いた気がして思考を戻す。内容が聞き取れなかったので、聞こえなかったふりで話を戻した。

「ですから、我慢できない痛みとかは、ないんです。おそらく……さっきわたしが勝手に達してしまったとき、刺激に紛れてうやむやになってしまったんだと……」

こんな説明で納得してもらえるだろうか。湊士は処女を相手にするのが初めてらしい。

痛みを気にしているということは、やはり初挿入は相当つらいものだと思っているからだ。

それなのに、達した刺激にごまかされて痛くないなどと。

「そうか、それは素晴らしい」

「は……？」

「つまり、破瓜の痛みがどうでもよくなるほど菜々花の快感は大きかったということで、そこまで感じさせられたのは俺なのだということだな」

嬉々として言葉を出す湊士は、どこか誇らしげだ。菜々花の頭に〝ポジティブ〟という単語がかわいいポップ体になって思い浮かぶ。

湊士は腰に添えられた菜々花の両手を己の手でそっと包んだ。

「あまつさえ、こうして菜々花のほうから求めてくれるとは。これは感動に値する、とても尊き行動だ」

湊士が彼自身を抜いてしまうのを阻止するために腰を摑んだが、これはそんなにも感動してもらえる行動だったのだろうか。

（いや……、思い留まらせようとしただけだし）

とはいえ、勘違いも含めて感動してくれているのだから、これはこれでいいのではないか。

それより、挿入後に入り口の少し先で停止しているからか隘路がずくずくと疼いて仕方がない。そのせいで湊士の腰を摑んだ手に力が入る。

菜々花の気持ちを察したかのように、彼の腰で重なった手をぐっと握られ、止まっていた鏃が再び先を目指しはじめた。それも今度はかなり力強い。

「あぁぁ……あっ！　入って……く、る、……ぅんっ」

ずぶずぶずぶっと、いい勢いで熱い異物が体内を埋めていく。入ってきたのは棒状のものであるはずなのに、身体の中全体が埋まっていくような、おかしな感覚に襲われた。

「ぁあっ……いっぱい……ぃっぱいぃぃ……、ハァ、あっ」

「もっと、いっぱい?」

「いっ、ぱいに、な、る……ぅンッ、ああっ」

「欲張りだな。せっかくねだってもらって悪いが、全部入ったところだ。これ以上と言われても、ちょっと無理だ」

「違っ……あっ、あぁっ、やっ」

無理と笑いながら、切っ先は「行き止まりだよ」とでもいうように内奥を穿つ。そのたびに甘美な火花が弾けて腰が跳ねた。

湊士は、もっといっぱい欲しい、という意味にとったようだが、違うのだ。

もちろん、きちんと最後まで湊士と繋がりたい気持ちはあった。いやらしい意味ではなく、彼の妻になったと強く意識したいし、――初恋の人を、感じたかったから。

けれど、菜々花が口にした「いっぱい」は……。

「いっぱぃ……わたしの身体の中が……湊士さんでいっぱいになってる、みたいで……。わたしが……なくなっちゃいそうなほど、……湊士さんで、埋まってる……」

「それは……俺を感じてくれているということでいいのか？　埋まっているようで苦しい、という意味ではなくて」

感じている、ということでいい。挿入された圧迫感で全身に彼がいきわたっている。苦しくはないし、むしろ彼の感触で官能が湧きたっている。

（わざわざ、感じてるのか、って聞くなんて……。言わせるための意地悪ですか？）

湊士ならきっと、こういうときの女性心理でわからないことなどないだろう。「これ以上と言われても、ちょっと無理だ」なんて内奥をつついたり、「俺を感じてくれているということでいいのか？」なんて聞いてきたり。

意地悪なら意地悪でいい。こんな恥ずかしい意地悪などかわいいものだ。

十一年間。彼に存在を認められていなかったつらさに比べれば。

「苦しくなんか、ないです。湊士さんを全身で感じられて、嬉しい。……身体中が熱く痺れて……細胞まで悦んでるみたい……」

「それなら、俺の細胞も悦んでいる」

ゆっくりと腰を引き、湊士はふうっと大きく息を吐く。腰で握った菜々花の手を取り、指を絡めながら軽く覆いかぶさった。

菜々花の手を確かめようとするかのように、顔の横でシーツに押しつけられた手の上で、湊士の手が、指が、蠢く。

手を撫でられるのも心地いいが、湊士が腰を揺らめかせるたびに身体の中が熱く痺れて潤っていく。擦り上げられる蜜路から発生する魅惑的な熱が、腰の奥に溜まって煮え滾り出す。

「あっ……湊士、さぁ……ンッ」

「わかるか？　こうやって菜々花を感じていると、俺の細胞が悦んで、もっともっと菜々花を感じたいと強欲になるんだ」

「いい、です、感じてくださっ……あぁんっ」

ゆるやかに揺れていた腰が、待ってましたとばかりに徐々に動きを速くする。大きく楔が引かれ、強く突きこまれた。

「あぁぁ、ぁンッ！」

リズミカルな動きにのって軽快に突きこまれ、蜜窟で生まれた快感が広がっていく。全身が蕩けるように痺れる。自分ではどうにもできない愉悦に、甘い声が止まらない。

「あっ、ふぅ、うンッ、あっ……やぁ、ぁぁん……！」

ずちゃっ、ずちゃっ、と剛直が抜き挿しされる。大きく押し広げられた膣口に備わっていたはずの痛みは重い疼きへとすり替わり、むず痒さを解消させようとするかのように欲棒の出入りを歓迎する。

「あぁぁ……ダメ、からだ、おかしくなっ……ぅうん」

生まれて初めて感じる、とんでもない感覚。これを快感というのだろうが、声と同じくらい抑えられないのが表情だ。快感で歪む表情筋はどうにもできない。

目の前には湊士の顔がある。あろうことかずっと見つめられている。みっともない顔をしているのに……。

上半身をうねらせ首を左右に動かして、少しだけ彼の視線から逃げようとする。もちろん無駄な抵抗だとわかっているけれど、こうでもしなければこの羞恥をごまかせない。

思えば挿入前に達したときもじっくりと見られていた。もしや、感じてぐちゃぐちゃになった女の顔を眺めるのが好きなのだろうか。

湊士が見たいというなら眺めさせてあげたい。しかし、拗らせ続けている初恋の相手にみっともない顔は見せたくない。

菜々花の中で、花京院家に仕え続けた遠藤家の血と、好きな人の前で変顔なんかできないという恋する女の子のプライドが激突する。

「見ないで……ぁっん、顔、ハァ、ぁ……見ないで、くださっ……」

口を開けばいやらしい声ばかり出てしまう。なんとかそれを抑えつつ、顔を見られないよう横を向いた。

恋する女の子のプライドが勝利したかと思われたとき、湊士の囁きが耳朶を打つ。

「俺を見ろ、菜々花」

「はいっ」

恐ろしや従者家系のＤＮＡ。

反射的に顔が前を向き、湊士と視線が絡む。

「顔をそらすな。俺は……菜々花を見つめていたいんだ」

紅潮した顔は切なげに眉を下げ、菜々花を見つめる瞳には凄絶なほどの色気が漂う。

菜々花は動けない。

しっかりと絡んだ視線はほどくことを許さず、鼓動は彼だけのために高鳴る。半開きの唇は赤く濡れ、震えるたびに嚥下を忘れた涎がしたたり落ち……。

まるで、彼を求めてやまない雌のよう。

「ああ、イイ顔だ」

そんな菜々花に煽られたのか、勢いよく剛強が突き上がる。最奥に届く強い刺激を何度も繰り返され、菜々花は背を反り返らせてあえぎ啼いた。

「ああああっ……！　ダメ……ダメェっ……！」

重なり合った手が、とても強く握られている気がする。

と思えば、菜々花のほうが先に強く握っていたようだ。

指先に力が入っていて湊士が痛いのではと心配になるものの、強い刺激のせいで入る力なので、ゆるめられない。

膨張したものに貫かれるたび、ずちゃずちゃといかがわしい音がたつ。蜜路に攻めこまれ胎《はら》の中をぐずぐずにされて、感じることしか考えられなくなった身体が蜜液を噴きこぼす。

もう、ハジメテなのに、だの、みっともない顔は見せたくない、だの、考えられなくなってきた。

「湊士……さんっ、そんなに、あっ、ぅンッ、オクばっかり……やっあああっ！」

「うん……オクまで入ると、菜々花がすごく悦ぶから」

「ンッ、ん、ん、ダメェ……」

「俺もすごく気持ちがよくて、オクで留まっていたいくらいだ」

「そんな……ズルいィ……はぁ、あああ！」

奥ばかり攻められていたら意識が飛んでしまいそうになる。

少し手加減してもらおうと思ったのに、湊士に気持ちがよくてオクで留まっていたいなんて言われたら、こちらの要望など消し飛んでしまうではないか。

おまけに菜々花が内奥の刺激を喜ぶとわかったせいか、湊士はそこばかりを狙って突いてくる。

挿入されたときよりも質量を増した雄の切っ先に弱点をグリグリとえぐられるたび、そこから強く痺れる快感に見舞われた。

「そんなに、したら……また……やぁぁっ」

「イきそうか？　いいぞ、俺がナカにいる状態で達するとどうなるか、教えてくれ」

「なっ、なにを言って……あっ！　あ、やっ、やぁぁっ——！」

いいと言われたから、というわけではないとは思うが、湊士に許可をもらった気持ちになった瞬間、蕩け落ちそうな快感が爆ぜた。

腰がうねり脚の付け根に強い力が入る。二度達したときよりも明らかに感覚が違うのだ。

達したはずなのに、大きなもどかしさが残っている。

「これは……かなり、クるものだな……」

湊士の口調が引き攣っている。苦しげな彼の様子が気になったが、それを追及することはできなかった。

「あっ！　そうじ……さっ、あっ、やぁぁ、ダメェ！」

もどかしい余韻でいっぱいなのに、休むことなく激しい抽送が淫洞を襲ったのである。

挟まる異物を喰い締めようとする膣口を、負けじとぎちぎちに引き伸ばして雄茎がスライドする。

こんな刺激に耐えられるはずがない。弾け飛んでしまいたくなる衝動が早々に菜々花を包んだ。

「ひぁ……あっ！　こんなの……もぅ、あぁっ！」

「……絞られるみたいだ……すごいな……これは」

「湊士、さんっ……！　そうじさぁっ……！」

このまま指が折れてしまいそうなほど力を入れて湊士の手を握り、菜々花は身体をうねらせる。いっそう激しくなった出し挿れに官能のすべてを取りこまれ、胎内でくすぶる淫熱が大爆発を起こした。

「あああっ……！　もぅ、ダメェ――――!!」

「ななっ、かっ……！」

頭の中で白い光がフラッシュし、目の前がちかちかする。腰が大きく反ったことと、達した次の瞬間に湊士の怒張が臍の裏を強くググッとえぐったのはわかったが、その先はわからない。

菜々花は、絶頂の波にさらわれ意識を手放してしまったのだ。

――誰かの、勝ち誇った声が聞こえる。

菜々花のなかで、思考だけが回っている。耳に聞こえたわけではない。聞こえたと意識できただけ。

目の前で女性が笑っている。優しい笑顔ではなく、狡猾さを感じさせる表情だ。二十歳前後の、菜々花にはない華やかさのある令嬢。

菜々花は彼女を知っている。湊士の婚約者候補になってから、よく嫌がらせをされたから。

――ああ、これは夢だ。

背景は白い靄。その中で彼女がひとりで嗤《わら》っている。なぜ嗤っているのか。菜々花を馬鹿にしているのだとすぐにわかった。

そこに、立ちすくむ湊士の姿が入りこむ。眉をひそめた苦しげな表情をする彼は、――十九歳の彼だ。

――これは、高校合格発表の日の……。

湊士自ら家庭教師まで買って出てくれたのに、結局不合格で彼の期待に応えられず落胆され見限られた、あの日なのだろう。

令嬢が湊士になにか話しかける。どうやら菜々花は、思いだしたくもない日を夢にみているようだ。

このあとどうなるかも知っている。湊士は菜々花を置いて令嬢と去っていってしまう。このとき菜々花にくれた冷たい一瞥《いちべつ》は、悲しいくらい心に残っている。

できれば記憶から切り落としてしまいたい眼を向けられ、動けなくなった菜々花を馬鹿にするように令嬢の取り巻きたちがうしろから走りすぎていく。

菜々花だけがその場に取り残され、白い靄の中に消えていく湊士と令嬢を目で追うことしかできない。

――ごめんなさい、ごめんなさい、ごめんなさい、湊士さん。でもわたし、頑張ったんだよ、本当に頑張ったんだよ！

間違いないと思った。絶対に湊士の期待に応えられると感じた。自信過剰だと笑う必要性を感じないほど自信があった。

しかし……駄目だった。

どこをどう間違っていたのか確認したい。もしかしたら解答欄がひとつずつズレていたとか、なにかつまらないケアレスミスがあっただけなのではないか。

――湊士さん、行かないで、行かないで。目をそらさないで、お願い。ごめんなさい、いい結果が出せなくてごめんなさい！

白い靄の中、湊士の姿が消えていく。だんだん見えなくなっていく。

胸が苦しくて押しつぶされそうだった。つらくて悲しくて情けなくて申し訳なくて。十五歳の菜々花には、どうしたらいいのかわからなかったのだ。

――湊士さん、湊士さん……！

菜々花の声は届かない。夢の中で声をあげてはいないし、あの日も泣き叫んだりはしなかった。もしかしたら湊士が、菜々花を気にして振り向いてくれるのではと……かすかな希望があったから。

それは、ただの薄っぺらな希望で終わる。

湊士の姿が見えなくなっても、菜々花はただ立ちすくんでいるだけ。

――湊士さん……ごめんなさい……。ごめんなさい……。

「……湊士……さん……」

「なんだ？」

ばちっ、と……一瞬で目が覚めた。

驚くくらいハッキリとした目覚めだ。

ただ、爽やかな目覚め、というよりは、驚いた勢いで目が覚めたというほうが正しい。

「菜々花に寝言で名前を呼んでもらえるとは、嬉しいな」

「は……、あっ、すみません、わたし……」

夢での呼びかけが口から出てしまったのだろう。焦りのまま彼に顔を向け……今の状況を察する。

ベッドの中で湊士に抱き寄せられている。お互い全裸だ。ベッドサイドのお洒落なスタンドライトに照らされる湊士は、髪が乱れ前髪も下りて、少し気だるげな表情。

またそれが、とんでもなく艶っぽい。

こんな湊士を見てしまってもいいのだろうかと罪悪感に囚われかかるが、そういえば一応妻という立場なのだと思いだす。

（そうだ、新婚初夜なんだ。わたし、さっきまで湊士さんに……）

そこまで思いだして、カァッと顔が熱くなる。ハジメテなのに何度も達して、おまけに失神してしまった。

そんな菜々花を、湊士はこうして抱いていてくれたのだろう。

（湊士さん……優しい）

まさか湊士に、こんな優しさを向けてもらえる日がくるなんて。もう一生、彼にかかわれる日はこないとまで思っていたのに。

恥ずかしいやら感動するやら。自分がどんな顔をしているのかわからないくらい感情がぐちゃぐちゃだ。

そんな菜々花を見つめ、湊士が軽く笑う。

「どうした？　赤くなったと思ったら泣きそうな顔をして。失神したのは別に恥ずかしいことではないから、心配しなくていい」

「は、はい……」

恥ずかしくて泣きそうになっていると思われたようだ。それも間違いではないので、よしとする。

「むしろ、初めての経験だというのに失神するほど感じた、感じさせられたと考えると、俺もとても嬉しい」

感慨深げな湊士を見ていると、胸があたたかくなる。処女で性的な経験がまったくなかった菜々花を快感で翻弄できたのが、彼は嬉しいようだ。

処女もOKということで。百戦錬磨の看板に新たなハクがついたのではないか。

「湊士さんが……上手に導いてくださったからですよ。わたし……湊士さんがハジメテの人でよかったです」

「菜々花……」

両腕で抱きしめられ、おそるおそるではあったが菜々花も両腕を彼の身体に回す。

遠慮気味になってしまうのは、行為の最中は強く抱きつきもしたが、それ以外で抱きついて嫌がられないだろうかと気になったからだ。

「そう言ってくれてよかった。安心した。それでは、菜々花も落ち着いたようだし初夜の続きといこうか」

（は？）

口は開いたが声が出ない。呆気に取られているうちに身体を仰向けにされた。

「菜々花の寝顔で俺も十分滾っているし、問題ない」

張りきっているのが口調からわかる。菜々花から離れた湊士は避妊具が置かれたケースに手を伸ばす。

（え？　初夜の続き……って）

「で、ですけど、もう朝になるのでは……」

初夜、というからには、朝では駄目なのではないか。……行為自体、朝も夜もあまり関係ないのかもしれないのだが……。

「菜々花が失神していたのは三十分もない。まだまだ夜はこれからというやつだ」

「三十分……。そうなんですか？　わたし、朝まで寝てしまっていたとばかり思っていました」

「それだけ、深くて濃い眠りだったということだな」

「深くて濃い……」

そうかもしれない。心の奥底に、思いださないように閉じこめていたはずの記憶が夢になって出てきてしまったほどなのだから。

「がっちり濃い眠りに落ちてしまうほど、菜々花をトロトロにできたってことだな。いいな、とんでもなく自信が湧いてくる」

嬉々とした様子で湊士が戻ってくる。上掛けをはねのけ、いきなり全裸がさらされてしまい驚く菜々花を意に介さず、四つん這いで顔を近づけた。

「ポイントは摑んだし理解した。今度はもっと感じさせてやる」

艶っぽいのだが、恥ずかしいくらいに雄みのある囁き声。鼓膜からビリビリ響いて、お腹の奥がきゅううぅんっと絞られるよう。

とっさに両脚をきつく閉じて、もじもじと擦り合わせてしまう。付け根が重くなり潤いが広がるのがわかった。

(湊士さん、すごい。囁かれただけなのに……わたし、感じてる)

彼が言う「ポイント」とは、菜々花が感じやすい場所とか感じる行為、などの意味だろうか。それとも非処女になったばかりの女をぐずぐずにできるポイント、という意味だろうか。

どちらにしろ、先ほどよりもトロトロにされてしまうようだ。

「初夜は一度しかないんだから。じっくり愉しもう。二泊三日、ここでふたりきりなのだし」

新婚初夜とは、ひと晩中夫婦の契りを交わし続けるものなのだろうか。

二泊三日ふたりきり。そう考えれば、あの大量の避妊具も納得がいく。

（いや、納得いってどうすんの！　わ、わたし、本当に溶けちゃうよ！）

湊士の唇が重なり口腔内を貪る。両手の指が胸のふくらみに喰いこみ、張り詰めるほどに握り揉みしだかれ……。

落ち着いていたはずの官能にゆらりと炎が点り、じわじわと大きくなっていく。

「なんて有意義な初夜なのだろう。もう、すぐにでも菜々花の孔に突っこんでぐちゃぐちゃに暴れたいくらいだ」

「あっ、あな、とかっ、なんて言葉を使うんです湊士さんっ！　爺やさんに叱られますよっ！」

「そのくらい興奮しているのだから仕方がない。だいたい、妻の前でくらい欲望を口にしてもいいだろう。どうせ、二泊三日セックス三昧になるんだから」

「セッ……！　ぅうっ、三昧……ってぇ……」

（湊士さん、なんかタガが外れてませんか⁉　すっごくエッチなんですけど‼）

「どうしたんだ、逃げ腰になって。ディナーの前は菜々花のほうが張りきっていたじゃないか。俺に精をつけさせるために肉を大量に注文したくらいなのに」

「いや、あれは、あのときの気分というか……」

「ディナーの前からヤる気満々だったわけだ」

「ヤるっ……！　湊士さんっ、興奮しすぎですっ」

「当たり前だろう。新婚初夜なんだから」

あわあわしている間に両脚を大きく広げられ……。

「ほら菜々花も、もうびちゃびちゃになっている。もっと濡らしてやる」

「いや、それは湊士さんの声が悪いのであって……あっ、あっ、あっ……、もっと濡らすと言われましても……あああぁんっ、ダメ、湊士さん、さっきより、……なんか、感じ、る……やぁぁぁンッ！」


繋がりっぱなしの初夜、セックス三昧の二泊三日が幕を開けた――。

第三章　放置生活スタート……のハズだった

入籍と同時に、当然のように強行された新婚初夜。

……からの、二泊三日。

日曜日の夕方にホテルを出て、贅沢《ぜいたく》なホテル生活も終わりかと思いきや、そのあとは料亭で夕食をとり、会員制の高級クラブで軽くお酒を飲んでからの帰宅、というコースだった。

よくここまで身体がもったものだと思う。

慣れない高級三昧に身体がついていかない、という意味ではなく、……この二泊三日、冗談抜きでセックス三昧だったのだ。

もちろん、食事もしたし入浴もしたし、貸し切り状態のプライベートプールでのんびりしたり、プライベートシアターで寝転がりながら映画を観たりもした。

が、その他はほぼ湊士と肌を重ねていたのだ。

正直それに意識のほとんどを持っていかれているせいか、プールとか映画とか、豪華な食事もなにを食べてどんな味がしたか、よく覚えていない。

疲労困憊というわけではなかったが、触れ合っていないのに触れられているような感触がずっと肌に残っていて、そのせいで身体が火照《ほて》り、気だるかった。

一方、湊士はといえば疲れもだるさも一切見せず、精力的そのもの。

この二泊三日、ケースにあった避妊具は使いきったし、どこに用意されていたのか補充分まで使いきった。

プールに行けば、プールサイドでのんびりする菜々花をしり目に元気よく泳ぎまくる。シアターでは、寝転がってときどきうとうとする菜々花に反して、身体を起こしてしっかりと鑑賞する。

毎食ごとに出てくる豪華なメニューも残すことなく、致したあとに蕩けてしまい入浴どころではない菜々花をバスルームに運んで丁寧に洗ってくれたりもした。

とにかく精力的すぎる。しかし百戦錬磨の男ともなれば、このくらい体力がなくてはやっていけないものなのかもしれない。

お酒のせいもあって気持ちがふわふわするなか、やっと帰宅した。帰った場所は、――気になっていた〝新居〟だ。

高級新築マンション。……の、屋上に建てられた邸宅、いわゆるペントハウス。

深くを追及する気力もない。

振り絞った体力も尽きた。「今夜はシないでおとなしく寝ようか」と冗談のように言った湊士の言葉を真に受け、なにも考えず寝室のベッドにダイブ。

そのまま、泥のように眠ったのである――。

「まさか本当に寝るとは思わなかった」

楽しげに笑う湊士は今日も元気だ。

こんなセリフが出るということは、新居での第一夜も元気に励むつもりだったのかもしれない。

彼が何時に寝て何時に起きたのかはわからないが、シーツが多少乱れていたところをみると同じベッドで寝たのは確かだろう。

「そんなに笑ってはいけませんよ。若奥様がそこまで熟睡してしまったのです、よほどお疲れだったのでしょう。ですから私があれほど初夜からフルスロットルはいけないと申し上げておりましたのに」

苦言を呈しつつ、ふたりが座るダイニングテーブルで湊士のコーヒーカップにお代わりを注ぐのは、源《みなもと》という湊士の世話役だ。

目が覚めてリビングへ入ると、清々しい声で「おはようございます、若奥様」と声をかけられ飛び上がるほど驚いた。

その時点で湊士は着替えも済ませてテーブルについていたので、本当にいったい何時に起きたのだろうかと思う。

源は一見勤勉で厳しそうに見えるが、笑うと表情が柔らかく声も明るい。どこかで見たと思ったら、婚姻届を書くときに湊士の横にいた人物だ。書き終えたものを持って、使用人を引き連れ部屋を出ていったその人である。

飛び上がるほど驚いたのは、いきなり彼に声をかけられたからだけではない。ダイニングテーブルには、すでに洋式の朝食が並べられていたことも原因に入る。

それもホテルの朝食かと思うくらい品数も多く彩りも完璧だ。

おまけに寝起きでいただいたコーヒーが命の水かと目が輝いてしまうほど美味しくて、いきなりお代わりをしてしまった。

これをすべて用意したのが源だという。もちろん、彼の手作りである。

セレブ・オブ・セレブの世話役というのは、ここまで完璧にできなくてはいけないものなのか……。

「人生一度きりの新婚初夜だ。張りきるのは当然だろう。もちろん、源のアドバイスを無視していたわけではない」

言われっぱなしにはしない。湊士は正当な主張とばかりに言い返すが、すぐに源がため息をついた。

「こうなるのではないかと予想はしておりました。お気持ちはわからなくもない。未経験の行為でもいつの間にか夢中になってしまうものですから。若奥様もご無理をされたのでしょう」

口をつけかけていた牛乳のグラスを慌てて遠ざける。口に含んでいたら、あわや盛大に噴き出すところだった。

（なに？　なんなの？　なんでお世話役さんがわたしが処女だったって知ってんの？　それも、ハジメテで夢中になって無理したから疲れて泥のように眠ってた、とか思われてる!!　湊士さんもっ、張りきるのは当然とか言うから、わたしも一緒に張りきったみたいに思われるんですよ!!）

恥ずかしい疑問は、最終的に湊士への文句に変わる。

口に出すつもりはないが、しかしこのままではまだまだ菜々花にとって恥ずかしい話題が続きそうな気がする。

ここはなんとか話題をずらさなくては。菜々花は牛乳をちびちび飲みながら思案を巡らせ、ハッと目前の輝かしい朝食に目を留めた。

「そ……それにしても驚きました。この朝食、すべて源さんがお作りになったんですよね。すごいです。ホテルの朝食かと思いました。おまけに美味しい、完璧じゃないですか」

「光栄です。若奥様」

褒められて微笑む表情にもそつがなく好印象。こんな人が執事喫茶にでもいたら通ってしまいそうだ。

「もしかして、湊士さんのお食事って、今までもずっと源さんがお作りになっていたんですか？」

恥ずかしい話題を復活させないためにも、ここで途切れさせてはいけない。質問を振ると源は快く答えてくれる。

「本邸にも別邸にも専属のシェフがおります。私が湊士様に作って差し上げられるのは、軽食とコーヒーとスイーツくらいです」

「コーヒーもとても美味しいです。寝起きでいただいたとき、美味しすぎて倒れそうになりました」

「若奥様を倒れさせてしまったとあっては、湊士様に叱られそうです。ときに若奥様、ひとつよろしいですか？」

「え？　はい、どうぞ」

予想外の問いかけに、なぜかドキッとして背筋が伸びる。

「私に敬語は不要でございます。普通に、フラットにお話しください」

「普通……」

湊士を見ると、彼は許可を出すかのようにうなずく。

立場的には一応彼の妻なので、楽に接してくれと言われているのだろうが、菜々花にも自分の考えがある。

「ですけど、源さんは年上ですし、フラットにというのも、すぐには……」

「使用人に接するという感覚に迷われるうちは、そうですね……父親に接するときの口調を意識すればよろしいかと」

「父親……」

菜々花の脳裏に、お風呂上がりにタオルも巻かず冷蔵庫の前で缶ビールを一気飲みする茂彦が浮かぶ。よりによって、なぜこの姿が思いだされてしまったのかは不明だ。

(いや、無理でしょ！　ビジュアル的に無理でしょう!?)

背景にお城のエントランスが広がる源に対して、茂彦の背後に広がるのはひとり親方同士の宴会風景である。

「すみません……無理、ですっ。源さんを父と同列に並べるなんて……ジャンルが違いすぎて、そんな……」

頭を抱えてしまった菜々花を見て、湊士が申し訳ないくらいの美声で笑う。

「ジャンルか。そんな例えかたもあるのだな。まあ、そう言われたらそうかもしれない。茂彦さんは、自己の強い信念を貫く男気あふれる人だから」

菜々花の中に、むくむくっと湊士に対する尊敬の念が湧き上がってくる。

(湊士さんが言い換えると〝頑固者〟がすごくかっこよく聞こえる……)

これも育ちの違いからにじみ出るなにかなのだろうか。そんなことを考えて苦笑いを漏らしつつスープカップに手を伸ばした。

「すぐに馴染めとは言わない。徐々に慣れたらいい。源とはほぼ毎日顔を合わせることになるだろうから、そのうち慣れるだろう」

苦笑いを別の意味にとられたようだ。気を使わせてしまった。

カップの中身はオニオンスープ。ホテルで出てきたものより美味しく感じてしまうのは、決して気のせいではないと思う。

考えてみると、突然の初夜決行から三日連続で朝食が洋風だ。実家では毎朝炊きたてご飯とお味噌汁だった。

「そうだ、湊士さん、聞きたいことが……」

「なんだ？　挙式についてか？　そうだな、菜々花の意見も聞いておかなくては。まず日にちなのだが……」

いきなり張りきり出す。しかし今は彼に合わせてあげるわけにはいかないのだ。

「違いますっ、昨夜はなにも聞かずに寝てしまったので、これからの生活の仕方とかいろいろ聞いておきたいんです。ここで生活をすることになるなら、わたしも一度実家に戻って荷造りとかしなくちゃなりませんから」

「それは必要ない」

「必要、ない？」

「遠藤家で菜々花の自室に置いてあったものは、家具寝具を除いてすべて菜々花用の部屋に運ばせてある。洋服や書籍類、仕事に関係があるだろう雑貨、文房具、小さな観葉植物、食べかけのクッキー、脱ぎっぱなしのパジャマまで」

「そこまで⁉」

持ちこみすぎではないのか。運んでくれたのはありがたいが、言葉どおりだと家具や寝具を除いて本当にすべてを実家から移動させたのだろう。

やはり花京院家の使用人が作業をしたのか、それとも引っ越しを請け負う業者か、なんにしろ問題は……。

(下着も⁉)

戦慄が走った瞬間、源がコホンと咳払いをして小声で告げる。

「荷造りはすべて花京院家に従事する女性のみで行っております。運び出しや搬入は男性の担当です」

ありがたい察しのよさ。

が、焦った理由を悟られるのも、それはそれで少々恥ずかしい。また、悟ったのは湊士も同じようだ。

「一応すべてを移動はさせたが、手元に置いておきたい小物や書籍、仕事関係のもの以外は捨てても構わないだろう。洋服や靴、服飾小物やアクセサリー、メイク関係、すべて新しくそろえてあるし足りないものはこれから買い足せばいい」

「そろえた……って、わたし用にですか？」

「菜々花用のウォークインクローゼットは七割埋めておいた。俺と源、それと花京院お抱えのスタイリストの見立てだ」

別世界の話をされているようだ……。

「ありがたいのですが、今まで使っていたものを捨てるのは、もったいないですよ。まだまだ使えるものもあるので、それも使います」

ほとんど捨ててしまうとはなんたること。気を使っていろいろとそろえてくれたようなので、それらも有りがたく使わせていただくとしても、今まで使っていたものを処分する必要はないだろう。

エコ精神で出した言葉だったが、それには湊士の深刻なひと言が入ってしまった。

「菜々花。俺の妻になったということは、花京院の名前を背負ったということだ」

菜々花の身体に、いや、古くから花京院家に仕えてきた遠藤家のＤＮＡに、電流が走る。

湊士の言葉ひとつで、彼がなにを言いたいか、果ては自分がとんでもない思い違いをしていたことに気づかされてしまった。

花京院家の名前を背負うということは、花京院コンツェルンの名に恥じぬ人間であるべきという意味だ。

次期総師の妻となれば、他者に見くびられる女性ではいけない。妻が嘲笑されるのは、そのまま湊士の恥に繋がる。

そのために、身だしなみは最たるものだろう。自分の基準で考えてしまったが、それではいけないのだ。

「これから菜々花は、自分の仕事だけではなく、俺の妻として人前に出なくてはならない機会も増える。そんなときに備えるつもりで、普段から自分の立場を自覚しておいてくれ。……婚約者候補だった女性たちに会うこともあるだろうし」

胸がズキンと痛んだ。それでも、菜々花は問題なく納得した素振りを見せる。

「そうでしたね。すみません、……湊士さん」

「いいんだ。菜々花は賢いから、すぐにわかってくれて助かる」

微笑みかけてくれた湊士に笑顔を返して、食事を続ける。

（なにをいい気になっていたんだろう……）

週末からの二泊三日、感触が身体に残ってしまうほど湊士の腕に抱かれていた。

優しくされて、気遣われて、心も身体も彼で埋め尽くされて、本当に愛されているのではないかと思うほど湊士漬けにされた。

だから忘れていたのだ。

菜々花はただ都合のいい花嫁。

もともとは、湊士に嫌われているのだということ。

両親の生活の安泰、弟の進学、菜々花が計画しているフラワーカフェへの援助。それらと引き換えに結婚した。

夫が他に恋人を作ろうと子どもを儲けようと、優秀な跡取りのために決して不満を持たない、都合のいい妻。

表向きは湊士の妻として振る舞わなくてはならないし、もし婚約者候補だった女性たちになにか言われたら、昔のようにただ逃げているわけにはいかない。

湊士は、上手く立ち回れる都合のいい妻を求めている。

愛する必要がない、面倒をかけない妻。それなら、好きになる可能性などない女が一番いい。

それだから、菜々花が選ばれただけだ。

――最初からわかっていることなのに、それを忘れかけていた……。

「結婚おめでとう。菜々花さん」

その日、出社して早々に宮崎のアトリエ兼社長室に呼ばれ、お祝いの言葉をもらってしまった。

デスクで待っていた宮崎はその場で立ち上がり、眼鏡の奥の目を虹の形にしてご機嫌だ。

「突然で驚いたけど、でも、よかったね。実におめでたい。やっぱり、挙式や披露宴パーティーの装花は菜々花さんがデザインするのかな？　もしかしてブーケも？」

「どうしてご存じなんですか、社長、エスパーですかっ」

入籍したことは、まだ知らせていない。出社したら報告しようとだけ考えていた。

「いやいや、エスパーだったらおつきあいをはじめた時点で気づいているよ」

――おつきあいと呼べるような〝おつきあい〟はしていませんけどね。

言葉にすることなく毒づきつつ、宮崎に合わせて笑顔を作る。

「実はね、土曜日に出社して仕事をしていたら、菜々花さんの結婚相手のお使いだっていう男性がきて、入籍したっていう知らせをもらったんだ」

「……勤勉そうな、背の高い四十歳前後の男性ですか？」

「そうそう、菜々花さんにかかわる手続きの変更なんかでお手数をおかけいたしますって、大きな菓子折りをいただいた」

間違いなく、源だろう。湊士の指示なのかお世話役としての独断なのかは不明だが、放置予定の妻の職場にまで気配りをしてくれるなんて。

「みんなで食べられるようにミーティングテーブルに置いてあるよ。新居の住所ももらったけど、新築の高級マンションだよね？　すごいね」

「まあ……すごいのはわたしじゃないんで……」

「でも、住んでいるだけですごいよ」

「そうですか、ね……」

乾いた笑いが漏れてしまった。

湊士がひと言「新居」と漏らしたときは、気になりながらもさほどその意味について考えなかったのだが、不思議に感じることではあるのだ。

彼は花京院家の敷地内に、彼専用の別邸を持っている。普通は、結婚してそこに住むのかと考えるだろう。

なぜペントハウスを借りたのかと尋ねたところ……。

『借りた？　このマンションは俺の持ち物だ。ペントハウスは、もともと新居用に設計させた。別邸は本邸と近いぶん使用人も出入りするし、……両親、特に母が菜々花に会いたくて入りびたるのが目に見えている。新婚生活を邪魔されたくない』

新居用に用意されたペントハウスとは。なんと豪華なことをするのだろう。放置前提の妻との新婚生活など、わずかな期間だろうに。

「……社長、新婚って、どれくらいの期間のことをいうんでしょうね」

ふと、疑問がよぎる。何気なく口にしたのだが、宮崎は腕を組んで天井を仰ぎ、うーん……と考えこんでしまった。

「一ヶ月っていう意見もあれば、三ヶ月という意見もある。半年とか一年とか……。一生新婚、なんていう仲よし夫婦も世の中には存在するからね。その夫婦次第じゃないかな」

一生とは、すごいツワモノ夫婦もいるものだ。

宮崎に合わせたわけではないが、菜々花も腕を組んで「うーん」と考えこんでしまう。今の話では一ヶ月というのが一番短い。ということは、少なくとも一ヶ月は湊士も新婚を意識してくれるということだろうか。

「あっ、でも、ほら、菜々花さんは入籍してもまだ式は挙げてないわけだから、入籍してからの新婚気分と挙式後の新婚気分と二度も味わえてお得だね」

考えこんだせいだろうか。なんだか気を使わせてしまったようで申し訳ない。

新婚気分が二回分ということは、もう一度新婚初夜があるということか……。

こってり濃密だった初夜がもう一度……。

何気に考えてしまったせいで〝こってり濃密〟が思いだされる。ボッと頬が燃えるように熱くなり、それをごまかそうと勢いよく天井を仰いだ。

「仕事のほうはどうする？　旧姓のままにするならいいけど、もし結婚後の姓で活動するなら名刺も新しく……菜々花さん？」

　菜々花が大きく天を仰いでいるのでおかしく思ったのだろう。宮崎が不思議そうに呼びかけてくる。

　ここで不審者になってはいけないと、両手で頬を押さえて顔を戻した。

「そうですねっ、仕事は旧姓のまま続けます。フラワーコーディネーターとして名前を覚えてもらっているし、変えたら取引先に気を使わせてしまいそうなので」

「うん、そのほうがいいね。花京院という名前は、知っている人が聞いたら畏縮してしまいかねないから。じゃあ、名刺とかパンフレットもこのままでいいね。……菜々花さん？」

　呼びかけられてハッとする。押さえていた両頬をパンッと叩き、ガバッと頭を下げた。

「で、では、そういうことで、いろいろとお手数をおかけいたしますが、今後とも遠藤菜々花をどうぞよろしくお願いいたします！　そろそろ本日の仕事に入らせていただきます！」

「あ、うん、週明けは忙しいのに、仕事前に長話してしまって悪かったね。今日もよろしくお願いします」

「はいっ！　失礼いたします！」

　元気よく返事をして、急ぎ足で退室する。一歩間違えば、そんなに話をするのが嫌なのかと誤解を受けそうな態度だが、宮崎自ら週明けは忙しいのにと免罪符を口にしてくれたので許されるだろう。

廊下に出て、周囲に人がいないのを確認してから大きく息を吐く。

「そうか……名前か……」

宮崎に言われて気づいてしまった。菜々花は、ある意味とても仕事がしづらい名前になったのかもしれない。

名前の件で菜々花が「変えたら取引先に気を使わせてしまいそうなので」と言ったのは、結婚したとわかれば取引先の担当者は気を使うだろう。社交辞令でお祝いのひとつも言わなくてはならない。

そのうち、なにかさりげないきっかけで「実は結婚していた」と認知されるくらいがちょうどいい。

そんな気持ちだったのだが、宮崎が言う意味は違った。

花京院という苗字は珍しい。名前を聞いて、花京院コンツェルンと結びつける人もいるだろう。

日本有数の巨大組織。

その関係者だと知れば、確かに畏縮してしまう可能性はある。

菜々花としては花京院の影響力など頭にないが、相手は違うかもしれない。——非常に、仕事がやりにくくなる。

「放置されていても、花京院家の人間だもんね……」

軽くため息が出る。そのとき、スマホが着信の振動を伝えた。

スカートのポケットから出して確認すると、今朝連絡先を交換したばかりの源からのメッセージだった。

内容を読んで、すぐに「わかりました」と返す。三秒考えて「湊士さんに、お仕事頑張ってくださいと伝えてください」と付け足した。

このくらいの伝言はいいだろう。妻なのだから。……一応。

「早速、放置ですか……?」

ぽつりと呟く。

源からのメッセージは、湊士の仕事次第だが今夜は帰れないかもしれない、というもの。

本当に仕事なのだろうか。帰れないほどの仕事とはなんだろう。なぜ、本人が連絡をしてこないのだろう。

疑問が不安と一緒に噴き出すものの、バタバタという大きな足音が聞こえてそちらへ意識が向く。廊下の角から美衣子が顔を出した。

「あっ、菜々花さん、社長とお話終わりました？　スワッグ用のお花、入荷しましたよ」

菜々花の中でカチャンッと気持ちが仕事用に切り替わる。

「すぐ作業室に行きます」

今は仕事が優先である。

仕事をしていれば、自分の立場にも、湊士のことも、悩まないで済む。

「よしっ」

気持ちに勢いをつけて歩き出すと、角で待っていた美衣子に笑われた。

「菜々花さん、足音大きいですよ。なんか張りきってます？」

「美衣子ちゃんほどじゃないよ。あ〜、でも、今は美衣子ちゃんの足音のおかげで助かったから、許す」

「なんですかそれ〜」

アハハと笑いながら、ふたりで作業室へ向かった。

＊＊＊＊＊

「仏頂面になっておりますよ。常々申し上げているように、厳たる表情と仏頂面はまったくの別物でございます」

取引先との会談を終えた夕刻、車に乗りこもうとした湊士に源が苦言を呈す。

「口元が下がっております。せめて横に引き締めてください。一番いいのはこう、上がっているることです」

湊士の両頬をつまみ、ググッと上げている。口調自体は粛々としたものだが、やっていることは非礼極まりない所業だ。

世界広しといえど、花京院コンツェルン次期総帥の頬を平気な顔でつまみ上げるのは源しかいない。

「わかったっ、つまむなっ」

そして、いささかムキになってその手を振り払う湊士というレアな場面を見られるのも、源だけだ。

幼少のころは、両親もそんな湊士を微笑ましく見ていたが、まさか三十歳になってまで同じことをしているとは思わないだろう。

唇をきゅっと横に引き結び、湊士が後部座席に乗りこむ。ドアが閉まると、指先で両方の口元をクイクイッと上げた。

「仏頂面は直りましたか？」

運転席に座った源がシートベルトを引きながら聞いてくる。ムッとすれば「仏頂面」と言われてしまうので、そんな顔にならないよう大きく息を吐いてから言葉を出した。

「知らん。だいたい、仏頂面をしていた意識はない」

「朝からご機嫌斜めだったではありませんか」

「おまえがっ、勝手に菜々花に連絡を入れてしまったからだろうっ」

ルームミラー越しに源と目が合い、ついムキになった自分にハッとする。軽く咳払いをしながら席に落ち着くと、滑らかに車が走り出した。

（仏頂面か……）

朝から自分の機嫌が悪いのはわかっていた。原因はプライベートだ、仕事中は顔に出してはいけないし、出すつもりもない。

そのあたりはいつも上手くやれているはずなのに、よりによって源に指摘をされてしまった。

いや、源だから……わかったのかもしれない。

源は湊士が五歳のころからそばにいる、十歳年上のお世話役である。友人のように、兄のように、親身になって湊士に仕えてきた。

彼はいささか「兄のように」の要素が強く、昔から物怖じすることなく湊士に注意やアドバイスができる貴重な人材だ。それゆえ湊士本人のみならず花京院夫妻にも好かれ、今に至る。

現在源は、私生活ではお世話役として、仕事では運転手兼ボディガードとして湊士のそばにいる。ちなみに妻子持ちである。

「勝手に連絡を入れたとおっしゃいますが、私が入れなければ湊士様はギリギリまで連絡しなかったでしょう」

「そんなことはない。遅くなるが必ず帰ると連絡をするつもりだった」

「おや、帰るおつもりでいたのですか？」

「……俺は〝新婚〟なのだが？」

「お仕事で遅くなったときは、いつも帰るのが面倒だとおっしゃるではありませんか。ですから、遅くなりそうなときはホテルに部屋をご用意しているのですよ」

「先日までの話だ。これからは必要ない。……わかるだろう、おまえなら」

言葉にするのに少々躊躇してしまった。こんな同意を求めるのは照れが伴うからだ。しかし言わなくては、きっと源の煽りは続くことだろう。

「ええ、わかりますよ。とても、よく」

源がクスッと笑った気がして顔を上げると、ルームミラー越しに目が合う。微笑ましげな表情を向けられていると察し、照れが加速した。

湊士にとって五歳のときからそばにいる源は、下手をすれば仕事で忙しかった両親より一緒に過ごした時間は長い。

湊士の手となり足となり、我が儘を一番聞いてくれたのも彼だ。

昔、菜々花と一緒にお祭りに出かけたくて爺やをごまかしてくれたのも、源だった。

それゆえ、湊士の心情を心得ている。心得すぎている。なのにこうして茶化すようなことをするのは、単に「早く帰りたいなら早く仕事を終わらせましょう」と言いたいのだ。

ふうっと息を吐き、シートにもたれる。車のヘッドライトがスライドする景色に目を移して、言葉を出した。

「わかっているなら急げ。おまえだって早く帰りたいだろう。次の予定はパーティーの主役に挨拶をするだけだし」

「だけ、というわけにもまいりませんよ。二階堂《にかいどう》ホールディングス副社長のご婚約祝いの席です。副社長おふたかたとは、湊士様がご幼少のころから親交がございます。今でも行きつけのジムでお会いしますし、正式な場でご対面をされるのは新年のパーティー以来ですし、挨拶だけというわけにはまいりません。それに……」

「わかったわかったっ」

放っておけば到着するまで話し続ける。慌てて制止をするとピタッと止まった。

源が言いたいのは、世間話もしてこいということだ。

湊士としても挨拶だけでは駄目だろうとは思っているが、できれば「積もる話は改めて。今日は貴方にお祝いを言いたい人たちであふれているから、私が独占しては申し訳ない」とかなんとか言って逃れたいのが本音なのだ。

「俺だって、二階堂さんたちに会うのは久しぶりだし、楽しみな気持ちはある。だが、……今夜は菜々花のところへ帰る」

「承知いたしました」

源は快く返事をした。湊士が己の役割をしっかりと確認したと感じたからだろう。

婚約祝いパーティーの主役は、懇意にしている年上の人物だ。しかし湊士は花京院コンツェルンの代表として招かれている。家柄、企業組織レベルでは格上なのだ、それ相応の振る舞いと接しかたというものがある。

湊士は三十歳だが、花京院コンツェルンの跡取りとして、KKU商事の社長として、自分より年長の者と接することが多い。どんなときもおだやかに、花京院湊士としての威厳を忘れない。

今回のパーティーでもそうあるべき。源は寡黙になった湊士を見て、己を律しているに違いない、さすがは湊士様。……と悦に入っているに違いない。

が、実際に考えているのはまったく違うことだった。

(帰る！　酒を出されようが、俺の前に挨拶の列ができようが、話が長い爺さんに捕まろうが、絶対に帰る！　やっと、やっと菜々花と結婚できた、やっとまた一緒にいられるようになったんだ！　片時も離れたくないというのに!!)

叫び出したい気持ちをぐっと堪える。代わりに心の声のボリュームを上げた。

（菜々花っ！　好きだ！　愛してるっ！　菜々花、かわいいな、ほんっとに菜々花はかわいいな！　昔からかわいいけど、今も変わらずかわいいよ！　世界一、いや宇宙一だ！　ああっ、菜々花、菜々花、菜々花っ、初夜の菜々花も最高だったよ！！！！！）

煩悩《ぼんのう》まみれの心の叫びに、つい表情筋が仕事を放棄しかける。源に覗き見られているかもしれないとルームミラーを一瞥するが、こちらに視線をくれている気配はなく、秘かに安堵した。

再び窓の外に視線を流す。行き交う車とビルの灯りくらいしか見えないはずなのに、湊士の目にはやわらかい光の中で笑う菜々花の姿が映し出されていた。

それは十五歳の彼女だ。中学校の制服を着た彼女が楽しそうに笑っている。

――菜々花が好きだ。幼いころから、彼女の存在自体が癒しだった。彼女と一緒にいたくて、隣で笑っていてほしくて、菜々花を婚約者候補に加えてほしいと祖父に頼みこんだ。

ふたりがいつも仲よさげにしているから、湊士の祖父が菜々花を婚約者候補に据えた。菜々花はそう思っているようだが、違う。すべては湊士の仕業である。

幼いころから、ずっと考えていた。湊士に懐き、いつもかわいい笑顔で癒してくれる菜々花が、この先もずっとずっと一緒にいてくれたら、どんなに素晴らしいだろう。

最初は、かわいいかわいい妹のような存在。庭師のひとりである遠藤が娘の菜々花を連れてくるのが、いつも楽しみだった。

手を繋いで歩き、片時も離れずに遊んだりおやつを食べたり。菜々花が就園前に平仮名やカタカナの読み書き、数字の数えかた簡単な計算などを覚えたのは、遊びながら湊士が教えたからだ。

小学生になっても、菜々花は変わらず素直でかわいらしかった。高学年になり女性としての変化を知って戸惑うことはあったが、それでも、彼女は変わらず湊士の癒しで……胸の奥にほんのりとしたあたたかさをくれる存在になっていたのだ。

菜々花とずっと一緒にいられたら、どんなに素晴らしいだろう。頻繁にそんなことを考えるようになった湊士には、大きな憂いがあった。

幼いころから存在する、婚約者候補の少女たちである。

高校生になった時点で九人、家柄や社会的地位、本人の教養、資質などを花京院一族が吟味したうえで選ばれていた。

一流企業や資産家、名家のご令嬢たち。総じてプライドが高く、自己主張が強い。お茶会やパーティーで顔を合わせれば強烈なマウント合戦がはじまり、湊士へのアピール攻撃が火を噴く。

みんな同じセレブ校に通っていたので、成績順位や行事貢献アピールはすさまじかった。

その他にも、個別に家族同士の食事会などもあり、そのたびに〝うちの娘のいいところ〟を令嬢の両親からプレゼンされる。

そんな湊士の精神的疲弊を救っていたのが菜々花の存在だったのである。

ずっと一緒にいたいと思える存在はそこにいるのに、立場的に婚約者候補のなかから将来の妻を選ばなくてはならない。

そんな馬鹿な話があるものか。

湊士は決意をする。

己の心に従おうと。

花京院一族で最高決定権を持つ祖父に、菜々花を婚約者候補に加えてほしいと直談判をしたのだ。

他の婚約者候補たちとは違い、菜々花は庭師という職人の娘。それも代々花京院家に仕える家の人間である。

自分の立場を考えろ。

そう、祖父に一喝されるのは覚悟のうえだった。

……ただ、祖父も菜々花を気に入っていたせいか「それはいい案だ」と言われたときには、嬉しかったが……少しだけ拍子抜けした。

菜々花が中学生になり、婚約者候補になった。本人は少し戸惑ってはいたが「別になにも変わらない。いつもどおりでいいんだよ」と言ったら安心したようで、今までどおりかわいい笑顔をくれていた。

ある日菜々花が、

『学校、湊士さんと一緒に通ってみたかったな。校舎内で偶然会ったり、体育祭の活躍を見たり、ドキドキすることがたくさんあったんだろうな』

……と、人生一周廻って菜々花と同い年に生まれ変わって同じ区立の小中学校に通いたくなるような……かわいすぎることを言った。

生まれ変わる必要はない。湊士の高校は大学までの一貫校。広大な敷地内に高校と大学が存在する。つまり、通う場所は一緒。

中学二年生のときに湊士と同じ高校を受験すると決めた。レベルが高い進学校である。菜々花は十分成績がよかったが、油断をしてはいけない。湊士は家庭教師を買って出た。

平仮名やカタカナ、数字の数えかたから簡単な計算を幼児期の菜々花に教えたことがある。呑みこみが早く、本当に飲むように吸収する子で、教えているほうも楽しかった思い出がある。

そのときのまま、菜々花はどんどん実力を伸ばした。教師からも合格の太鼓判を捺され、勉強を見ている湊士も間違いないと確信できた。

菜々花が高校に入学するとき、湊士は大学二年生。二年間、同じ場所に通える。

自分のゼミがなくても、一緒に登校したくて朝から大学に行ってしまうかもしれない。

空き時間に高校の校舎を見に行ってしまうかもしれない。

共通カフェで勉強を教えながらコーヒーショップの新作を飲む。トッピングが甘すぎると苦い顔をする湊士のコーヒーから、トッピングのクリームをごっそり取っていって食べてしまう彼女を見て笑う。――そんな、未来を想像した。

夢をふくらませて至福に浸っていたそんなとき、婚約者候補の令嬢たちが菜々花に嫌がらせを続けていると、夏彦から知らされた。

嫌がらせについては、以前一度厳重注意をうながしたことがある。菜々花が初めて出席した婚約者候補たちが集まるお茶会で、令嬢たちの態度があからさまに彼女を見くだしたものであったからだ。

令嬢たちに言わせれば、一流企業でもなく名家でもなく資産家でもない一般庶民の娘が、なにを間違ってこの場にいるのかという気持ちだったらしい。

自分たちは一般庶民とは違うというプライドがある。一緒にされるのは不愉快だ……と。

『婚約者候補は祖父が決めている。それに異を唱え排除しようとする行為は、花京院家の最高権力者にたてつくことも同じだが、よろしいか。以後、つまらない加虐心のために菜々花嬢に接することはないように』

その言葉に反論できる者はいなかった。

場は収まり、菜々花への嫌がらせもなくなっただろうと思っていたのに……。

嫌がらせは続いていたのだ。それも直接的にではなくじわじわと首を絞めるように。菜々花がもっとも困る形で。

『古くからお父さんのお得意様だった人に、何人も契約解除されちゃったらしくて。……お父さん、おれの腕が落ちたのかな、なんて笑ってたけど……すごくショックだったと思う』

何気にそんな話を菜々花が口にしたとき、いやな胸騒ぎがした。調べてみれば、解約に至っているのは会社役員の邸宅ばかり。

それも、ある企業系列の役員ばかり。

宝来《ほうらい》フィナンシャルグループ。婚約者候補の令嬢たちをまとめ中心になっている、宝来璃々亜《りりあ》は会長の孫娘だ。

以前菜々花に嫌がらせをしていたのも、彼女の指示というものが多かった。

すぐに問い詰めたところ、彼女は悪びれもせず、役員に庭師を解雇するよう指示したと認めた。

『湊士様がおっしゃいましたよね、つまらない加虐心のために菜々花嬢に接することはないように、……と。わたくし、接してはおりません。顔も思いだしたくないのに接するわけがございませんもの。ですが、苛立ちは収まりません。天と地ほど人間としてのレベルが違う女が、なぜ同等の席にいるのか』

彼女は婚約者としての最有力候補で、花京院一族の中でも璃々亜嬢で決まりだろうと言っている者もいるくらいだった。

その理由は、なんといっても宝来フィナンシャルグループの名が大きい。宝来が持つ金融各社と取引のある系列企業も多いからだ。

彼女は、自分自身にはもちろん生まれや家に自信を持っている。

他の令嬢たちとは違って、湊士に対しても言いたいことを言ってしまえるのは、そんな自信の表れだ。

『おや？　璃々亜嬢は殿上人でしたか。天と地ほどとは、なにをもってそんな意見が出るのか』

『学び舎からしても差は歴然。洗練された教育に触れている人間と、種々雑多なものしか与えられていない人間の違いです』

『では、菜々花嬢が〝洗練された教育〟とやらを受けるようになれば、貴女はすべてを納得して菜々花嬢におかしな目を向けるのをやめるのかな？』

『面白いことをおっしゃいますわね。ですが、あまり笑えませんわ』

『菜々花嬢は、我々と同じ学校に進学する。入学した暁には、菜々花嬢に、その家族に、かかわることを一切やめてもらう』

璃々亜嬢はずいぶんと驚いていたが、もちろん、言われっぱなしで黙ってはいない。

ひとつ、提案をしてきた。

『では、同じ学び舎に入学することがなかったときには、彼女は雑多な人間のひとりのま ま……ということでよろしいですわね。でしたら湊士様には、雑多な人間にはかかわらな いという約束をいただきたいですわ』

ありえない話だった。

菜々花は完璧に合格ラインの実力を持っているし、だいたい、菜々花にかかわらないな んてありえない。

『そうですわね……、湊士様が、少なくとも三十歳になられるまで、雑多な人間たちには かかわらないでください。それをお約束くださるなら、わたくしも三十歳になるまで雑多 な人間には一切かかわりません。もともとかかわりたくもありませんもの』

つまりは、菜々花が受験に失敗したら、彼女には一切かかわるなということだ。

三十歳というのは、ひとつの区切り。おそらくそのくらいかかわりを断っているうちに、 立場上身を固めなくてはならない状態になるだろう。そうなれば、自然と最有力候補であ る璃々亜嬢がその席に収まるという考えなのだ。

甘い考えだ。育ちだけで判断して、菜々花がどれだけ聡明かわかっていない。

とにかく、注意をしたところで菜々花への嫌がらせが収まるとは思えない。今回のよう に家族まで巻きこまれるなんて、あってはいけない。

菜々花を婚約者候補に加えたことで起こってしまった問題だ。しかし彼女を候補から外すなんて考えは毛頭ない。

正式な婚約者、そして妻にするのは菜々花しかいないと決めている。その手段として、婚約者候補という立場に身を置き続けてもらわなくてはいけない。

菜々花への嫌がらせや偏見が収まるなら、その一心で璃々亜嬢の提案を呑んだ。

なにより自信があったからだ。

菜々花が失敗するわけがない。誰もが合格を確信しているのだから。

――だが……。

菜々花は受験に失敗した。

信じられなかった。なにかの間違いではないかと思った。

勝ち誇った顔で合格発表の場に現れた璃々亜嬢を見て、平常心を保ちながらも険しい表情をほぐすことはできなかった。

連れられてきた他の令嬢たちが菜々花のうしろでくすくす笑っているのを見て、思わず睨みつけてしまったほどだ。

その後、学校内のカフェで璃々亜嬢に契約の再確認をされた。

簡単にいえば、三十歳になるまで菜々花には一切かかわるな、ということだ。

当時十九歳。期限までは十一年ある。

その間、菜々花にかかわれないのは苦しい。

だが、そんなことも言っていられなかった。

『菜々花さんの弟さん、かわいい男の子ですよね。九つも年下なのでしょう？　六歳、一般の方ならだれでも通える普通の幼稚園に通っているのですって？　さぞかわいがっていらっしゃるのでしょうね。まだまだこれからの男の子ですもの』

血の気が引くというより、スッと体温が落ちた。

自分がかかわるべきではないのは、この女だ。

菜々花を守らなくては。

菜々花の家族を守らなくては。

十一年間、彼女を見守るにとどめることで彼女は平和に過ごせる。

誰になにを言われようと、それまで正式な婚約者など決めるものか。結婚など、絶対にしない。妻なんて名がつく者は持たない。

――――俺の妻になるのは、菜々花だけだ。

彼女を守るための契約は成立し、嫌がらせは完全に止まった。菜々花にも、その家族にも、凶悪な感情を向けられることはなくなったのだ。

湊士が契約を守って、三十歳になるまで菜々花とかかわらない限り……。

菜々花はその後、都立の進学校へ進み国立大学へ。そして、フラワーコーディネーターとして活躍し出した。

直接的にかかわることはできなかったが、ずっと、ずっと彼女を見守ってきた。

もちろん、学校での成績や行動、どんな役員をやっていたか、学校行事はどんなものに参加したか、テストの成績などは大きなものから小テストまですべて知っている。

仕事をはじめてからの成果も失敗も、取引先や馴染みのクライアントまで。

すべて、あますところなく調査済みだ。

菜々花は父親と同じ職人肌で、自分の仕事に妥協がない。

納得いくまでやる。そのおかげで成果は素晴らしく、腕を信じて指名をくれるクライアントが多い。

仕事がよっぽど楽しいのだろう。大きな自信が持てるものがあるのはいいことだ。

その延長線なのか、アトリエ代わりのフラワーカフェを持つのが小さな夢だと知った。

なんてかわいらしい夢なのだろう。全力で応援したい。

彼女にかかわれるようになるまでの十一年間、大学を卒業してからは、とにかく仕事に打ち込んだ。源にさえ心配されるくらい仕事ばかりしていた。

菜々花の面影や彼女に関する日々の情報だけが癒しだった。そうしていればよけいなことを考えなくて済むし、そろそろ婚約者を決めてはという親族からの提案も「仕事が忙しくて考えられない」で跳ねのけられる。

同じように、そろそろ結婚を考えては、という提案も「仕事が楽しくて考えられない」と跳ねのけられたので、仕事というのはいい免罪符だ。

待ちきれなかった婚約者候補の数人は候補を辞退し、親に紹介されるままに結婚した。最後まで残ったのは六人。その中には、まるで経過を見定めるかのように璃々亜嬢も入っている。

三十歳になって即行菜々花に連絡をとろうとしたが、十一年もかかわりを断っていたのに、いきなり「結婚してくれ」は不審がられやしないか。

不審というより気持ち悪いのでは。

十一年も避けた生活をしていたのだ、最初から馴れ馴れしくするより徐々に態度を変えるほうがいいだろう。

そんなことができるだろうか。菜々花を目の前にしたとたんに抱きついてしまいそうだ。いや、むしろ抱きつきたい。

彼女だって動揺する。いきなりどうしてと感じるだろう。それなら、理由をつければいい。

茂彦氏の仕事は先が見えず不安な状態、弟の進学の問題、菜々花の夢であるフラワーカフェ。——そのすべてを解決する手立てを、湊士は持っている。

菜々花に特定の男がいないのはわかっている。今までもいなかったのもわかっている。

近づこうとした男もいたが、排除させてきた。

絶対に自分のものにする。その思いだけで過ごした十一年間。

この日のために、新居にしようとペントハウスも用意し、調度品から菜々花用の衣類日用品一切もそろえ、結婚指輪も完璧。

菜々花を呼び、目の前で告げた。

『俺は、おまえと結婚することにした』

やっと、やっと、ここまできたのだ。

（菜々花ーーーー、愛してるっ!! ずっと抱きしめて放したくないのに!!）

「湊士様、眉間にしわが寄っているのは構いませんが、口元が歪んでおりますよ。もうすぐ会場に到着いたします」

源の声にハッとする。両手でパンッと頬を叩き手のひらで口元をぐっと引っ張った。

「源……俺は絶対、妻が待つ家へ帰るからな」

「承知いたしました」

にこやかな返事だが、「待っていてくれるかはわかりませんよ」と皮肉のひとつも飛んでこなかったのは意外だった。

＊＊＊＊＊

思えば先週末、菜々花は仕事に燃えていた。

竹中花園の社長との話し合いもうまくいき、本当に徹夜で仕事をしてもいいと思えるくらい滾っていた。

しかし、その案は涙を呑んで諦めたのだ。なぜかといえば湊士から「入籍する」という冗談のような呼び出しがかかっていたからで、……結局、冗談ではなかったのだが。

週明け、出社してその情熱を思いだした。入荷した花たちに触れて、仕事熱が燃え滾った。

今日はこの情熱が赴くままに仕事をしよう。徹夜になったって構わない。いや、むしろ徹夜で仕事をしよう。納得いくまでイメージをふくらませよう。

なんといっても湊士は帰ってこない。今度はいつ、あの体裁のために用意されたのであろうペントハウスに戻ってくるかわからない。

早速の放置状態。

男女平等などと謳われていても、世の中には結婚と同時に仕事を手放さなくてはならない女性や、縮小せざるをえない女性がたくさんいる。

そんな中、結婚しても独身のときと同じように仕事ができる。なんていいことなのだろう。

菜々花は燃えていた。ネットショップ用のフラワーアレンジメントを制作しながら「ふはははは」と笑いを漏らしてしまうほど仕事の世界に入っていた。

終業時間を過ぎたら飲むために、お昼休みには栄養ドリンクを仕入れている。準備は万全、怖いものなしだ。

(よぉーし、仕事するぞ!!)

意気込みもばっちりである。

——が、その意気込みは、終業時間に打ち砕かれた……。

「菜々花さんっ、新婚なんだから残業なんてもってのほかですよ！　早く帰って、旦那さんとご飯です！　新　婚　な　ん　で　す　か　ら　ね！」

いつになく力強い美衣子のひと言。そこからオフィスが一体になって湧き起こる〝新婚は早く帰りなさい〟ムーブ。仕事に篤くて同じ職人肌仲間だと勝手に思っている宮崎でさえ、笑顔で「早く帰りなさい」を投げつける。

夫はどうせ帰ってこないし放置される身ですからいいんです。……とは言えない。そんなの同僚によけいな心配を与えるだけだ。

常識的に考えても、入籍してすぐの新婚真っ盛りの妻がほったらかしとか、ありえない話ではないか。

——ここにあるのだが。

いろいろ考えはしたものの、言い訳ひとつできないまま菜々花は会社を追い出されてしまった……。

「……まあ、みんなの気持ちはわかるし、心配させちゃいけないよね」

諦めましたといわんばかりの口調で呟き、ため息をつく。買い物袋を片手にぶら下げ「あははー」と明るく笑うのは、少々自棄になっているからかもしれない。

さらに大きなため息をつき、空を見上げる。視界に入るのは暗くなった夜空とお洒落な形の街灯から漏れてくる灯り。

会社を出てまっすぐ帰ったなら、こんなに暗くはならなかったのだろう。

予想外すぎる気遣いで仕事ができなくなってしまった動揺からか、帰る電車を間違えてしまった。

つい、遠藤家に帰ろうとしてしまったのだ……。

気づいてすぐに降りたものの、あとひと駅で実家に帰れる、どうせ湊士は戻ってこないのだから実家に帰って両親と弟とご飯が食べたい。と思ってしまった。

初夜を過ごしたホテルから一度だけ電話をかけ、両親と話をした。いろいろと大変だろうけど、すごいことなのだから頑張れと励まされ、そのときは張りきって「わかったよ！」と返事をしたが、いきなり新婚生活になるとは思っていなかったのでいろいろと心の準備が足りていない。

とはいえ、夫が帰ってこないからといって気軽に実家に出入りしていい、そんな普通の考えを持ってはいけないのだろう。

どうしてと聞かれると上手く言えないが、結婚した相手が普通の人ではないからだ。

菜々花がいるべき場所として湊士が用意してくれた新居、ペントハウスへ帰らなくては。

その一心でマンションへ方向転換した。

途中、夕飯をどうしようと思いつき、なにか買い物をして帰ろうとマンション近くのスーパーらしき建物に入った。

スーパーらしき、というのは、菜々花が知っている近所のスーパーより外見が豪華だったからだ。

さすがは高級マンションが立ち並ぶ都心のスーパー。外見が豪華なら店内も豪華、広いうえにディスプレイもお洒落で食料品を買いにきたというより洋服かアクセサリーを選びにきたような気分になってしまう。

野菜や果物も、選び抜かれた美人さんばかり。見たこともない食品や調味料などもあって、暇なときに調味料の一本一本を眺めに足を運びたいとまで感じる。

当然だが、お値段もとても豪華だった……。

朝食を源が作っていたくらいなので、基本的な調味料はあるだろう。冷蔵庫の中身と米があるかを確認しなかったのが悔やまれるが、ひとまず夕食を作るのに必要最低限なものだけを購入した。

……お惣菜で済まそうとも考えたのだが、絢爛豪華《けんらんごうか》なお惣菜売り場で「自分で作ったほうが安い」と察し、引き返したのである。

ケチくさいんじゃない。庶民にいきなりこれはハードルが高いだけ。己にそう言い聞かせ、ため息をつきつつマンションへ向かっているのである。

片手に持った買い物袋をチラリと見る。買ったのはひとり分を作れる程度の量だが、よかっただろうか。湊士がもし帰ってきたら、夕食を食べるだろうか。

一度立ち止まり、スーパーへ引き返そうかとの思いがよぎる。

が……、秒で消えた。

杞憂すぎて薄笑いが漏れる。止まった足はすぐに動き出す。

なんの仕事で遅くなるのかは知らないが、そんな時間まで食事なしで過ごすわけがないではないか。湊士が考えなくたって、周囲が放っておかない。

移動の際には秘書たちの他に源も同行しているそうなので、彼の身辺に抜かりはないのだ。

「誰とご飯、食べるんだろう……」

接待なら、綺麗な女性も込みだろうか。本当に仕事だろうか、……などと疑うのはお門違いだと思うのに、つい考えてしまう。

「馬鹿だなぁ……都合のいい妻になっていなくちゃいけないのに」

苦笑いをしつつ、こぶしで頭をコンッと叩く。マンションの敷地内に入り、木立に沿ったアプローチを半分ほど歩いたとき。

「取り次ぎなさいって言っているでしょう！　ここに住んでいるのはわかっているの！戻っているのでしょう！」

「何度も申しておりますとおり、花京院様は旦那様も奥様もまだお戻りではございません。お客様がご来訪の旨はお伝えいたします」

「それは何度も聞いたわ！　かくさないで取り次ぎなさい！　帰っているはずよ！」

マンションの外に出てきた女性が大きな声でがなり立てている。対応しているのはこのマンションのチーフコンシェルジュの男性だ。

かなり高圧的な口調で、命令し慣れている様子が聞いていてもわかる。――この声、この口調と雰囲気、思いだしたくないものが湧き上がり、ゾッと怖気が走った。

菜々花は、この女性を知っている……。

「若奥様、こちらへ」

声に固まり動けなくなりかけたとき、背後から両腕を摑まれ木立のあわいをぬってアプローチから外れた。ハッとして顔を向けると、そこにいたのは源だ。

「源さん……」

「湊士様に言われて様子を見にまいりました。とにかくこちらへ。地下駐車場にペントハウス直通のエレベーターがございます」

「あの……あの女性は」

チーフコンシェルジュは「花京院様」と言っていた。女性はペントハウスに訪ねてきたようだが、留守だと言われても引き下がる様子がない。

「ご心配なく。すぐに警備員が駆けつけますし、お帰りいただくためのタクシーもまいりますので」

「そうなんですか……」

敷地内は静かなので、女性の声はかなり離れても聞こえてきた。

「誰もタクシーを呼べなんて言ってないでしょう！　ちょっと、お放しなさい！」

地下駐車場の一部には、ペントハウス用のガレージがある。生体認証で開いた扉を入るとすぐにエレベーターが現れた。

「若奥様のお顔でも反応するようになっておりますので、普段からお使いくださって大丈夫です」

自分で登録した覚えは一切ない。いつの間に、というか、準備と用意が抜け目ない。

エレベーターに乗りこむと、源がここに至る経緯を説明してくれた。

「湊士様に若奥様の様子を見てくるようご指示を受けまして、近くまできたときにマンションのコンシェルジュルームから連絡がございました。『ここに住んでいるはずだから取り次ぎなさい』と、かなり高圧的な様子のお客様が訪ねてきていると。若奥様はまだお帰りではないようでしたので、……あっ、これはコンシェルジュの誰も若奥様のお姿を確認していないこと、外からの確認で照明が点いていないこと、からの推測です。ですので、若奥様と鉢合わせしないよう、急いで駆けつけました。間に合ってよかったです」

「そうなんですね。わざわざ、ありがとうございます。確かに、いきなりお客様がきたら戸惑ってしまいそうです」

「湊士様が若奥様と入籍され、ここで生活をはじめたという情報はまだ一部の人間しか知りません。それもごく近しい者のみです。この段階で、いきなり客人が訪問するなどありえない。近しい者以外がこの場所を知ろうとすれば、それこそ周囲をかぎ回って情報を仕入れ憶測で動くくらいしかできないでしょう」

「かぎ回る……」

先ほどの女性は、招かれざる客だったというわけだ。このマンションに住んでいるのは知っているようだが、どの部屋なのかまではわかっていない。

わかっているなら、コンシェルジュのようにペントハウスに照明が点いていないのを見て判断がつく。

「源さんがきてくれて助かりました。わたしでは訪問されても対応できません。……湊士さんの……お客様でしょうから」

「訪問者は必ずコンシェルジュのチェックを受けますのでご心配なく。取り次いでいいかの確認もしてくれます。若奥様がおひとりのときに望まぬ訪問を受けることはございません。先ほどのような方はもってのほかです。ご安心ください」

「ありがとうございます」

湊士に女性客が訪ねてきた。気にしているような言いかたをしてしまったが、源は気にしていないようだ。

菜々花だってそんなに気にしてはいない。気になるといえばなるのだが、一番気になっていることに比べればそれほどでもない。

あの女性が何者か、源に聞けばわかるだろうか。

――宝来璃々亜さんですかと聞いたら、「そのとおりです」と正直に答えてくれるだろうか。

「若奥様、どうぞ」

呼びかけられてハッとする。最上階、ペントハウスに到着したようで、エレベーターの扉が開いていた。

「すみません、ボーッとしちゃって」

急いで降り、バッグと買い物袋を反対の手に持ち替える。ずっと片方の手で持っていて疲れたので何気なく反対の手にした、くらいの気持ちだったが、とても自然に買い物袋だけを源の手に移された。

「お荷物がございましたのに、気が利かず、申し訳ございません」

「あっ、いえ、いいんですよ。そんなに重くない……というか、そんなにたくさん買っていないから軽いし」

わずかひとり一食分の食材だ。袋も小さいし、かえって持ってもらうのが申し訳ない。そう思って取り返そうとしたが、源が部屋のドアを開けに移動してしまったので取り損ねた。

「もしや、お買い物をされていたのですか？」

「はい、ひとりだし、夕食の食材をと思って。近くにスーパーがあったので、そこで」

「あそこは品ぞろえも品質もよいでしょう。私もよく利用いたします」

「そうですか」

そんな気はした。

「食材の相談などでバイヤーとも懇意にしております。無理を聞いていただくこともあり、引き換えに店内ディスプレイの相談を受けたり」

「そうなんですか」

最上級人物に仕え、普段から品のよいものにのみ触れている人の意見は参考になるのだろう。

あのお洒落ディスプレイは源の案だったらしい。うんうんとうなずき、これ以上なく納得してしまった。

「お買い物をしていたから、お帰りが今の時間になってしまわれたのですね。コンシェルジュの連絡があるまで、とっくにお帰りになっていらっしゃるものと思っていました」

「そうですね。……初めて入るタイプのスーパーだったので、つい長居をしてしまいました……」

間違えて実家に帰りそうだったとは言えない……。

「でも、買い物をしていたおかげで源さんに助けていただけたので、よかったです」

「恐縮です」

一緒に部屋へ入りキッチンへ向かう。軽い荷物なので、そこまで運んでもらうのも申し訳ない。

(セレブがあふれんばかりの荷物を召使に持たせて歩いている漫画とかよく見るけど、小さい荷物でも心苦しいものだな)

「ときに、若奥様、食材はなにをお買い求めになったのかお聞きしてもよろしいでしょうか?」

「はい、……えー、レタスが四分の一カット、トマト一個、鶏もも肉一枚、パックご飯ひとつ、ですね」

調味料は心配ないを前提に、鶏もも肉でソテーか照り焼きを作ろうと思っていた。パックご飯があればお米の心配もいらない。

買い物袋を作業テーブルに置いた源が、新婚ふたり暮らしには大きすぎる冷蔵庫の扉を開ける。

「そのくらいの食材でしたら、いつもそろえておりますのでご心配なく。たいていのものは作れるようになっておりますし、お申しつけくだされればどんな食材でも調達いたします」

立派な大型冷蔵庫の中には、新婚ふたり暮らしとは思えない量の食材が入っている。それも入れかたが巧みで、初見なのにどこになにが入っているのかが一目瞭然なのだ。

(さすが源さん! いいお仕事をされる!)

感動すらするのに、なぜか悔しさを感じる。その理由を考える前に冷蔵庫の扉が閉められた。

「冷凍庫には本家のシェフが作った冷凍デリもございます。どうぞお好きに食されてください。米やパスタなどもそろっていますし、調味料や調理器具もひととおり」

完璧である。

食材の買い物になど行く必要はなかった。なんだろう、この完璧すぎる冷蔵庫は。食材も調味料も、珍しさも手伝って片っ端から使いたくなる。

しかし調味料はなにに適しているのかがわからなければ使えない……。ジレンマ、である。

（これを据え膳というのだろうか……）

少々、違う。

「菜々花！　いるか⁉　源！」

食材の説明を受けて感心していると、とんでもなく慌てた声と大きくドアが開閉する音がした。源がすぐに動いたが、滑りこむように湊士がキッチンに顔を出したのだ。

「よかった……菜々花、無事だな」

「湊士さん……」

こんな慌てた湊士は、かつて見たことがあっただろうか。

菜々花の顔を見て安堵の息を吐いた湊士は彼女に手を伸ばすが、その前に両肩口を源にガシッと摑まれた。

「湊士様、ネクタイが曲がっております。髪もそんなに振り乱して、花京院湊士ともあろうお方が、何事ですか」

「自分の家に戻ったのだから、妻の前ではこのくらいはいいだろう」

「そんな慌ててボロボロになった不甲斐ないお姿、若奥様が呆れてしまわれたらいかがします。いくら幼いころからのお知り合いだといっても、湊士様は体裁を整えたお姿しかお見せになってはいないでしょう」

呆れるどころか、むしろこんなに慌てた湊士にきゅんっとくる。菜々花の名前を叫びながら飛びこんできたし、彼の言葉から察するに心配してくれていたようだ。

(こんななりふり構わない湊士さんを見られるなんて、なにこれ、なんの奇跡？　なんのご褒美ですか⁉)

菜々花が感動しているあいだに、源が湊士のネクタイや襟元を整え、湊士は自らの髪をかき上げて乱れを直す。

「こんなに慌てて……。湊士様のところにもコンシェルジュから連絡がいったのですね」

「もちろんだ。先に源が到着するだろうから大きな心配はなかったが、連絡を受けて急いでパーティー会場を出た」

「二階堂様に失礼があったのでは？　お祝いの席だったというのに」

「それは大丈夫だ。お前が行ってすぐＮＲＭの鳴海《なるみ》専務とエイトリィフィールドの八重樫《やえがし》専務がきて、共通の好みの話題で盛り上がっていた。抜けるのにちょうどよかったよ」

「加わらなくてよかったのですか？」

「彼らほどパーツ愛に精通していないのでね」

細かいことはよくわからないが、湊士は知人のパーティー、それもお祝いの席に招かれていたらしい。

お祝いならお酒も進むだろう。盛り上がれば帰りも遅くなる。酔いつぶれてしまえば帰ってこられなくなることもあるのではないか。

女性と食事に行ったとか、その延長線で帰ってこられないとか、そういうことではないのだ。

（なんだろう……すごく、ホッとしてる……）

心が軽い。ゆるやかに上がっていった両口角から薄笑いが漏れそうになり、両手で口を押さえて顔を伏せた。

「菜々花」

すると、そんな菜々花を湊士が抱擁したのである。

「すまない、怖かったのだな」

菜々花の仕草が、怖くて下を向いたという状態にとられたらしい。さらに湊士は菜々花の髪を優しく撫でる。

「どんな状態だったのかは送られてきた映像で観た。あんな怒鳴り声を聞いたら怖くもなる。新居の場所を探る者がいたとしても、秘密裏にしているうちから訪ねてくる非常識な者がいるとは……。いや、それも考えておくべきだった。すまなかった」

怖かったのは間違いない。あの女性はもしかして……、そう考えると昔の嫌な思い出がよみがえってくる。

しかし湊士にここまで心配してもらうほどではないし、下を向いたのは不気味な笑いを漏らしそうになったのをごまかすためだ。

彼の勘違いなのでかえって申し訳ない。

けれど、髪を撫でてくれる手が心地よく、また抱擁される感触がたまらなくてこのまま湊士に寄りかかってしまいたい。

(気持ちいい……。もう少しこのままでも……)

とは思うものの、顔を軽く上げてみれば視界の隅に、この光景を微笑ましげに見つめる源の姿がある。

ここには湊士とふたりきりではない。抱きしめられて蕩けそうになっている姿を、第三者に見られているのだ。

「あ、あ、あ、ああのっ、湊士さん、ありがとうございますっ、わたし、大丈夫です、びっくりしましたけど、すっごくびっくりしましたけどっ」

両手で湊士の胸を押して身体を離すと、彼は不思議そうな顔をする。

なぜ離れたのかわからないと言いたげな表情で、まだ身体に回っている腕に再び引き寄せられそうだ。

湊士と源のつきあいは長いのだろうから、互いの性格もわかっているだろうし少々込み入った姿を見られても平気なのかもしれない。

しかし菜々花は知り合ったばかりだ。男性と抱き合っている姿を鑑賞されて平気でいられるほどの強さはない。

ゆえに、逃げるように湊士から離れ、作業テーブルの買い物袋から品物を出して場をもたせた。

「お、お腹すいたので夕ご飯作るんですけど、湊士さんも食べますか？ これは自分で買ってきたぶんなんですけど、冷蔵庫に食材がより取り見取りでたくさんあったので……」

早口でまくしたて、ハッと気づく。湊士はパーティーに出席していたらしい、それなら会場で軽食なりコース料理なり、豪華な料理を食べてきたに違いない。

それに先ほどの言いかただと、食材があるから作ってあげます、と偉そうに言っているみたいだ。

（謝らなきゃ！）

血が騒ぐ。

花京院湊士殿に偉そうな物言いをするなど、末代までの無礼ではないか。

――しかし湊士と結婚した今、末代に続くであろう子どもは湊士の子どもということになるのだから、末代までの恥という言葉には少々語弊が生じるのでは……。

などと考えていると、険しい表情の湊士が詰め寄ってきた。

「それはつまり、単刀直入に言って菜々花が夕食を作ってくれるという意味か？　そういう意味だな？　本家のシェフでも源でもなく、菜々花が作ってくれると、そういうことなんだなっ？」

単刀直入に言わなくてもそういう意味なのだが。……確認がしつこくはないか。

「そういうこと……ですが、すみません、湊士さん、お食事は済んでいますよね。よけいな提案をしてしまって……」

「済んではいない！　もし済んでいたとしても、妻が作ってくれるという食事を口にしないわけがない！　胃の中のものをすべて吐き出してでもいただこう！」

「吐き……」

（湊士さん、それはなかなかにレベルが高いです！　故意に吐き出すなんて普通はできませんよ！　人間的に湊士さんレベルだと可能なんですか⁉）

ただでさえ慌て気味だったところに、湊士の〝妻が作ってくれるなら胃の中のものを吐き出してでも食べる〟発言。

周章狼狽どころではない。

過去、嫌われていなかったころにクッキーなどの簡単なお菓子を作ってあげたことはあったが、食事となると話が違う。

これはさっさと訂正してしまうに限る。完璧庶民の菜々花に、上級セレブとして育った人が満足する食事が作れるわけがない。

それだから今朝だって、源が朝食の用意にきていたのではないのか。

「湊士さん、さっきのは言葉の勢いで……」

「それは素晴らしい。早速若奥様の手料理を口にできることになるなんて、よかったですね、湊士様」

そこに割りこんできたのは源である。嬉々とした笑顔を見せ、菜々花に深く頭を下げる。

「ありがとうございます、若奥様。湊士様は若奥様の手料理で食事の時間を過ごせるのを、とても楽しみにしてらしたのですよ」

「え……」

「ですので私も、若奥様が手をかけてくださるのであれば、朝食もお願いしたいと考えております。もちろん、若奥様がお仕事でお疲れの際は、いらないと言われても駆けつけますのでご安心ください」

「……ありがとう、ございます」

「では、明日の朝からは若奥様にお任せしてもよろしいですか?」

「はい……」

「承知いたしました」

にっこりと微笑む源。彼の誘導のまま、朝夕の料理をすることになってしまった。

それは構わない。もともと料理は嫌いじゃないし、生活に困らない程度に作れるつもりだ。「任せてください！」と胸を叩くくらいの意気込みを見せたいくらいなのに。

それができず気のない受け答えしかできなかったのは……。

――湊士様は若奥様の手料理で食事の時間を過ごせるのを、とても楽しみにしてらしたのですよ。

そんな言葉を聞いてしまったら、気持ちのタガが外れてしまうではないか。

「先ほどの件で報告を受けるために、源とともにコンシェルジュルームへ行ってくる。そんなにかからないから、菜々花はディナーの用意をお願いできるか？」

「それは……はい、ですが、湊士さん……」

「どうした？　なにか心配なことでも？」

言ってもいいだろうか。小さな不安だが、大切なことのようにも思う。

「わたし……豪華なお食事とか作れませんけど……、いいんでしょうか？　今だって、鶏もも肉一枚ドンッとソテーか照り焼きにしてご飯のおかずにしよう、くらいしか考えていなかったし」

「それなら照り焼きがいい。タレは多めにしてくれ。ご飯と一緒に食べると美味い」

ずいぶんと庶民的な食べかたを知っているようだ。意外な面を知って驚きに目を見張っていると、それを察したのかクスリと笑われた。

「俺の会社の社食は美味いんだ。たいてい昼は社食で済ますし、仕事が長引きそうなときは社食弁当を仕入れておく」

なんと。さらに大きく目を見開いてしまった。

「自社の社食愛が深い社長、なんて言われて、社員にも社食スタッフにも好評だ。豪華な食事なんて、特別なときくらいでいいんだよ」

心配するなと言わんばかりにニヤリとし、さらにウインクを投げて源とともにキッチンを出ていく。

彼の気配がペントハウスから消えるまで、唖然としてその場に立ちすくんでしまった。

「……ご飯の用意しなきゃ」

我に返ってぶんぶんっと頭を振る。

危ない危ない。湊士が菜々花の手料理を楽しみにしていたという信じられない言葉に加え、社食愛という庶民的な部分、極めつきに国宝級イケメンのウインクの直撃を受けた衝撃で、意識が白くなりかかった。

(おかしい。わたし、放置妻になるんだよね？　早速本日より放置生活がスタートする……っていう雰囲気だったんだよね)

しかし今、菜々花は湊士と夕食をとるべく、その支度をはじめている。

お米を研ぎ、炊飯器にセットして、鶏もも肉の下処理をして照り焼き用の調味料を合わせ、つけ合わせの野菜を用意し、予定になかったお味噌汁も作ろうとしている。

湊士を想って張りきれてしまうのは、花京院家に仕えてきた家のＤＮＡだから。そう思えば解決できる。

でも、湊士が楽しみにしていてくれたのだと思うとドキドキする。菜々花が作ってくれるのかと必死になって確認していた彼を思いだすと、胸の奥がきゅんきゅんと跳ねる。

頬があたたかい。なんだか、泣きたくなってきた。

これもすべて、ＤＮＡのせいだといえるのだろうか。

――そろそろお肉も仕上がるというころのこと。

菜々花のスマホが不気味な着信音を奏で、思わずビクッと震えてしまった。

「ひぁっ！」

静かな室内にいきなり響いたのだ。驚きもする。

この着信音は湊士しかいない。彼はコンシェルジュルームに行っているはずだが、なにかあったのだろうか。

応答し、その内容に驚き、慌ててフライパンに蓋をし火を止めてペントハウスを飛び出す。急いで一階に降りるとエレベーターホールで湊士が待っていた。

「そ、湊士さん、あの……」

「そんなに慌てなくていい。あちらで待ってもらっているから」

湊士が示した手の先にはロビーがある。待ってもらっているというわりには椅子にも腰かけず、仁王立ちになっている……夏彦がいた。

目が合うと、いつものポーカーフェイスでスタスタと歩いてきていきなり菜々花の腕を摑んだ。

「やっと顔見せた。ほら、帰るよ、姉ちゃん」

「え？　帰る……って」

「なにわけわかんねーこと言ってんの。家に決まってんじゃん。今日の晩飯は母さん特製秘伝のタレで作った鶏の照り焼き丼だよ。好きでしょ？」

なんと、さすが親子。母と娘の以心伝心か。考えていたメニューがほぼ同じである。

そんな感動を噛み締める間もなく腕を引っ張られ、出かける足を踏ん張り言い返した。

「待って待って、夏彦っ。帰るとか、そんなことできないよ。お父さんとお母さんに聞いてるでしょう？　わたしはね……」

「知ってるよ。結婚したとかっていう冗談」

「冗談って……」

「残念ながら、冗談ではないのだよ、夏彦君」

やんわりと口を挟み、湊士が夏彦の手を摑む。それでも菜々花の腕を放す気配はなかった。

「先週、お姉さんは俺と入籍をした。式はこれからだが結婚したことに変わりはないんだ」

結婚式をしていないから〝結婚した〟という事実を受け入れられていないのだろうか。湊士と同じく菜々花も同じことを思った。

しかし夏彦は、ギロッと湊士を睨みつけたのだ。

「そんなこたわかってる。賢くないが馬鹿じゃないんだ」

なんという口のききかた。窘めようとするが夏彦の言葉の勢いは止まらなかった。

「結婚？　いきなり会社帰りに拉致するみたいに連れていって、実家から根こそぎ私物を運び出させて、偉そうな黒服のおっさんが五人くらいで結納品だか持ってきてよ、その日から姉ちゃんが帰ってこなくなって、それで〝結婚〟だ？　馬鹿か、あんた」

「夏彦、そんな言いかた……！」

焦って口を出した菜々花を、湊士が無言のまま止める。軽く手で制しているが、顔は夏彦を見たままだ。

「結婚するなんていつ決まったんだよ。姉ちゃんにいつ言ったんだよ。少なくとも、姉ちゃんが帰ってこなくなった日に花京院の家の人が伝えてくれるまで、父さんも母さんもおれも、姉ちゃんが結婚するなんて知らなかったぞ。おれ、姉ちゃんが『結婚するんだ』って嬉しそうにしてる顔とか楽しそうな話とか、そんなの一切見てない。だいたいあんた、うちの親に挨拶に来たか？　姉ちゃんが嫁に行ったっていうなら、親に挨拶とかするもんなんじゃねえの？　『娘さんをください』とかなんとかさ！　そういうの一切なしかよ！　偉い家の人間は、偉くない家から嫁をもらうとき、軽く『入籍したから結婚だ』で終わるのかよ！　いきなり娘を取り上げられた父さんと母さんの気持ち、なんだと思ってんだよ、金持ちはなにしてもいいのかよ！」

夏彦は一気にまくしたてる。

いつの間にか菜々花の腕を摑んでいた手は離れ、みぞおちのあたりで強く握られたこぶしは、今にも湊士に摑みかかっていきそうだ。

とんでもないことを言っている。

とんでもない口をきいている。

菜々花にもそれがわかる。

けれど、夏彦の気持ちを考えると、彼が代弁した両親の気持ちを考えると、菜々花も止められなかった。

本当なら「やめなさい」とひっぱたいてでも止めるべき場面なのに。

言葉を出し終え、夏彦は長い息を吐きながら肩で息をする。声をかけようとした菜々花より先に、湊士が口を開いた。

「夏彦君が言うとおりだ」

一拍置いて、目を大きくして湊士を見る。一瞬聞き間違いかと思ったのだ。

あれだけ失礼な口をきいたのだ。本来なら、そばで空気のように控えている源に取り押さえられてもおかしくない。その前に湊士に睨まれても不思議ではない。

驚きは続く。なんと湊士が軽く頭を下げたのである。

「君の大切なお姉さんを、いきなり連れ去ってすまなかった。明日、改めて遠藤家に足を運ぶ。お義父さんやお義母さんと、話をさせてもらうから」

顔を上げて夏彦を見る湊士は、おだやかな表情をしている。あれだけ言われたのに、不快そうな様子がない。一方夏彦は眉を上げて険しい顔のままだ。

「今日、菜々花を連れていくのは勘弁してくれ。これから夕食なんだが、初めて妻の手料理を食べるんだ。もう走って世界一周できそうなくらい嬉しいんだよ。今連れていかれたら、悲しくてこのまま東京湾《とうきょうわん》に飛びこみそうだ」

せっかく途中までいい話だったのに。一気に物騒になってしまった。

「……わかった」

表情はそのままに、夏彦が渋々了解する。「ありがとう」と言いながら湊士が源に顔を向ける。静かに近づいてきた源が夏彦に声をかけた。

「こちらへどうぞ。車で遠藤家までお送りいたします」

取り次げと騒いだ女性はタクシーを呼ばれたが、夏彦は源が送ってくれるようだ。

源の主人に暴言を吐いたようなものなので気まずさはあるものの、丁寧に扱ってくれているようで、ちょっと安心した。

「夏彦……！　明日、お姉ちゃん家に行くからね！」

源にうながされて歩く背中に呼びかけると、ちらりと振り向いた夏彦が小さくバイバイをする。

少し照れくさそうにしていた気がする。素っ気なくて生意気だったりすることもあるが、我が弟はかわいいと思わずにはいられない、菜々花なのだ。


「美味かったな……本当に美味かった。世界一。もう、あんなに美味い照り焼きは食べたことがない。タレが絶品、あれだけで白米が食べられる」

褒めすぎである。

夏彦を見送ったあと無事夕食にありつき、ふたりで菜々花作の照り焼きを食べた。

食事後に、自然の流れで一緒に入浴することになってしまったのは、食べているときから湊士に絶賛されすぎて気持ちがふわふわしていたせいだろう。

……一緒に入るのは、初めてなのだ。

大きな浴槽の中で同じお湯につかり、湊士の膝に座るという罰当たりな体勢。恥ずかしいやら嬉しいやら恐れ多いやら。気持ちが右往左往しているというのに、さらに信じられないくらい褒められている。

「もう、俺は一生これだけを食して生きていけるとさえ思った。菜々花の料理の腕は素晴らしい」

嬉しい褒め言葉だが、白飯はともかく、鶏の照り焼きやお味噌汁だけを一生食べてもらうわけにもいかない。

とはいえ、やはり褒められると気分がいい。それも彼の褒めかたは抑揚が心地よくて、もっと褒めてほしいと欲張りになってしまう。

昔のままだ。湊士に勉強を教えてもらっていたころ、彼の褒め上手のおかげで勉強が楽しかった。

百戦錬磨の男は、このテクニックで数多の女性を虜にしたに違いない。

「褒めすぎですけど、嬉しいです」

「褒めすぎではない。菜々花は自分が作ったものに自信がないのか？」

「自信がないものを出しませんよ。そうじゃなくて、あんなことがあったあとなのに、美味しく食べてもらえて、本当によかった、って思ってるんです」

「あんなこと？　夏彦君のことか？　食事とは別に関係ないだろう」

「ですが……、湊士さんが、ご気分を損ねているのではと……。気分が悪いときって、ご飯も美味しく感じなかったりするし。……それに、生家に仕えてきた家に改まって挨拶に行かなくちゃならないなんて、失礼なことになってしまって……」

「菜々花っ」

「ひぁっ！」

うしろから抱きつかれ驚きの声が飛び出す。がっしりとした腕が胸の下に回り、不用意に手足をバタつかせてしまった。

「抱きついたくらいで慌てるな。散々さわりまくっているのに」

「さわりっ……！」

さわりまくる、とか、そんな言葉を使っちゃいけませんと源ばりの注意をしようかとも思うが、考えてみると新婚初夜からエッチのときだけは妙にはっちゃける人なので、いまさらかもしれない。

動いたついでに、くるりと身体の向きを変えられる。湊士と向き合う形になりすぐに目が合う。そらすわけにもいかず、眼球を左右に動かし戸惑いながら方向転換させられたおかげで乱れた脚を整えた。

「そんなに動揺するな。初めて一緒に入浴するから、浮かれているだけだ」

「浮かれ……」

（誰がですか？）

湊士が浮かれる……なんてことがあるのだろうか。

「俺は別に、夏彦君が言ったことを不快に思ってはいない。彼は至極真っ当なことしか言っていない。だから、明日は遠藤家に挨拶に行く。菜々花も、いいな？」

「それは……構いませんけど。湊士さんは本当にいいんですか？　だってうちは、……ずっと花京院家にお世話になってきた家で……」

「そんなことは関係ない。俺は俺個人として菜々花を妻に選んだ。家は関係ない。その考えに従えば遠藤家へ挨拶に行くのは当然のことだった。だから、夏彦君は正しい」

「湊士さん……」

家同士の上下関係は結婚に関係ないと言ってくれる。自分の考えで妻に選んだと、嬉しいことを言ってくれる。

感動不可避。泣いて抱きついても許される場面だ。けれど……。

（でも、別に恋人を作って優秀な跡取り候補をたくさん儲けるため、文句を言わない妻が欲しかったんですよね？　だからわたしが都合よくて……）

外の恋人たちに子どもを何人産ませようが、そのために放置されようが、すべてを納得して文句を言わない妻。

それだから湊士は、菜々花を選んだはず。

わかっているのに、もしかしたら菜々花に気持ちがあって選んでくれたのではないかと……錯覚しそうになる。

胸がきゅっと締めつけられる。苦しいものがこみ上げてきて頬が引き攣りそうになり、とっさに湊士に抱きついた。――切なさに歪む顔を見られたくなかったのだ。

「どうした菜々花。そんなに気にするな、本当に俺はなんとも思っていないから。明日はシッカリと挨拶するから心配しなくていい」

抱きついてしまってからむくむくと羞恥心がふくらんできたが、抱きついた本当の理由には気づかれていないのでよしとする。

「それにそうやって胸を押しつけられると、堪える選択肢もなく滾ってきて〝浴室性交〟を実行したくなるのだが」

「そうじさんっ、えっちですよっ」

「四文字熟語のように言えば、いやらしさも感じないかと」

「いや、そのものズバリじゃないですか。十分いやらしいで……っ」

言葉が止まる。湊士の手がお尻のほっぺたを摑み、揉み出したのだ。

「ちょっ……やっ」

身体をひねって彼の手を摑もうとするが、反対に片方の乳房を摑まれてしまった。

「うん、どちらも弾力があって揉み心地がいい。しかし菜々花がよく感じてくれるし、やはりこちらのほうがいいかな」

ふくらみをグイッと持ち上げ頂に舌を撫でつける。ずっと彼と密着していたせいなのか、頂の突起はぷっくりと紅潮した顔をのぞかせていた。

丹念に舌で舐め転がされ、さらに乳首がふくらみ硬くなっていく。いやらしいことをされればされるほど形を変えて、最終的には食べられてしまうのではないだろうか。

そう感じるくらい、湊士の舌は美味しそうに胸の果実を味わっている。見ている菜々花も恥ずかしくなるくらいで、お尻を揉む手を掴もうと伸ばした腕は動かせないままだ。

「湊士さっ……ヤンッ、んっ」

気持ちよさに身悶えすれば、バスタブのお湯が揺れて小さく跳ね、湊士の顔にかかりそうになる。彼にお湯をかけるなんてあってはいけないと我慢するものの、限界を感じて腰が跳ねてしまった。

「あぁあっ、やっ、ぁん……」

腰が浮いたついでに抱き寄せられ、着地点にはお湯よりも熱く感じる硬い塊があった。

引き寄せられただけなので挿入こそされていないが、ちょうどワレ目に挟まりそうな位置で、少し前に動けば屹立がお腹にあたる。

「湊士さん……どうして、もう、こんなに大きくなっているんですかっ」

「どうしてって、菜々花と入浴すると決まったときから滾っていたが、知らなかったのか？」

「それは……少しは……、ですけど、一緒にお風呂が決まったときからって、早くないですか？」

「早い？　ふぅん……」

意地悪な口調にドキリとする。お尻を摑んでいた手がうしろからふくよかな花びらを開き秘裂を滑りはじめた。

「んっ、ん、はぁっ……！」

「すごいヌルヌルだ。これは今さっき濡れはじめたものじゃないのでは？」

「お、お湯……お湯が、ぁぁん、ダメ、ハァ……」

苦しい言い訳が口をついて出る。菜々花も一緒に入ったときから興奮していたと素直に言ってしまえばいいのに、羞恥心が邪魔をする。

それでも、やはり濡れ具合はごまかしきれないようで、導かれるようにぬぷりと指が挿入され、浅く深くスライドしはじめた。

「あっ、あ、や、ぁぁ……指ぃ……」

「ここにもお湯が入ったか？　それなら掻き出してやろう」

蜜洞で曲げられた指が、ぬめりきった襞を掻きながらぐにゅぐにゅと動く。体勢のせいなのか指の向きのせいなのか、新鮮な刺激がビリビリと走った。

「やぁ、あっ、なんか、強い……あぁぁっ」

指だから新鮮なのであって、この感覚は経験したことのあるものだ。お尻のほうから腰全体に痺れが走り、ゴリゴリと掻かれる快感。

先ほどは湊士の顔にお湯がかからないようにと我慢していたのに、刺激に耐えきれず身体が前後に揺れ動く。ふたりの胸のあいだで大きくお湯が揺れ動き、そのうち頭からかぶってしまうのではないだろうか。

そんな菜々花の耳元に、湊士が顔を寄せる。

「うしろから挿れられているみたい？」

その言葉にずくっと腰が疼く。彼が言うとおりだ。これは、バックから挿入されたときの感覚だ。

先週末の蜜夜、バックから貫かれ悶えた光景が感触付きでフラッシュバックする。思わず両腿をきゅっと締めてしまったとき、湊士に腰を抱かれ一緒に立ち上がった。

「手をついて」

言われたとおりにバスタブの縁に両手をつくと、腰を摑まれ引き寄せられる。お尻のあいだに熱い塊が押しつけられ、その感触にどきりとした。

そのままの彼だ。生々しい皮膚の感触は避妊具を着けてはいない。

（このまま？）

胸がじわっと熱くなって鼓動が速くなる。

——問題ないはずだ。夫婦なのだから。

菜々花だって跡継ぎ候補を産まなくてはならない。放置妻でも正妻だ。湊士との子どもを儲けなくてはならないのだから、避妊具なしの行為で動揺してはいけない。

にわかに覚悟を決める。そのまま挿入されるかと思ったが、なぜか湊士は一度バスタブから出て浴室用ラックに手を伸ばした。

「湊士さん……？」

「ん？　これ」

湊士がラックから取ったのは、——避妊具だ。

「そんなところに、あったんですか？」

「新婚だぞ、置いておくだろう。一緒に入浴すれば絶対にそういう雰囲気になるだろうし、我慢なんぞできるわけがないし、浴室セックスは常識だろう」

——そんな常識は知らない。

言葉も出ないでいると、準備を施した湊士が戻ってくる。

「浴槽から手が届きやすい場所にも配置したほうがいいな。どのあたりがいいと思う？　菜々花」

（そんなこと聞かないでください！）

「バスタブの横の飾りラックに入ってる、造花の籠の中とか……いかがでしょう」

「天才か、菜々花っ」

答えてしまった自分も自分だが、そんなことで感動しないでほしい。

「よし、ではここに用意しておくとしよう。入浴が楽しみになったな」

まさか一緒に入浴するたび、毎回行為に及ぶつもりなのでは……。

小さな疑問が生じるものの、それより違う疑問が気になって仕方がない。続きとばかりに熱塊の存在を感じたところで、菜々花はその疑問をぶつけた。

「でも湊士さん、いいんですか？　……避妊具、着けて……」

「なぜ？」

「……跡取り、作らなくちゃならないんですよね」

それとも、菜々花と作るつもりはないということなのだろうか。

「もちろん作るよ。菜々花と。ふたり、いや、三人、四人か五人くらいいてもいいかな」

「ひぁっ、あぁんっ！」

話しながら大きな塊が隘路に押しこまれる。湊士の言葉に驚いた瞬間だったので、我ながら滑稽な声が出てしまった。

一気に奥まで押しこまれて、串刺しの疑似体験に身体が動かなくなる。ただ蜜窟から広がっていくめくるめく官能のせいで、腹部が波打ち腰がぶるぶると震えた。

「はっぁ、ぁあっ、やぁぁンッ……！」

切ない声を詰まらせ震わせると、体内を突き挿したものがごりごりと蜜洞を掻き乱す。顔を上げたり下げたりしながら堪えられない快感を口にする菜々花に、湊士は優しく話しかけた。

「菜々花は今、大切な仕事をしているだろう？」

「たい、せつ……ぁっ、あ、ハァ、やぁぁん」

大切な仕事。仕事はみんな大切だ。

それでも、新しくいいご縁を繋げそうな仕事がある。上手くつきあっていければ、これからにプラスになる。

「フラワーカフェの計画も、進めたいよね」

夢だった。アトリエ込みのフラワーカフェ。

この仕事を続けていけるなら、進めていきたい。

結婚の条件の中に、フラワーカフェへの支援も入っていた。

その気になれば、なんの心配もなく計画を進められるのだ。

「すぐに子どもができちゃったら、仕事も夢も一時停止してしまう。しなくてもペースは落ちる。かなり後回しになってしまうかもしれない。だから、せめて今の仕事が片づいてカフェの計画がいいところまで進むまで、お預けにしよう」

ぐいんと腰を上げ、これでもかとばかりに淫襞たちを蹂躙される。勢いで吸いこんだ息が獣の鳴き声のようにバスルームに響いた。

「湊士、さんは、それでいっ……あぁっっ！　ダメっ、ダメ、そんなに、擦ったら……あぁあんっ……！」

彼はそれでいいのだろうか。彼は跡取りを儲けなくてはいけない立場なのに、それを菜々花の都合に合わせてしまっている。

先ほどの言い分では、子どもはたくさん欲しい雰囲気だった。

それでも待ってくれるのは……。

菜々花のため……。

放埒に腰を振りたくられ、蜜壺をぐずぐずにされて、立っていられなくなる。背中に覆いかぶさった湊士が、乳房を大きく揉み回しながら腰に腕を回して支えてくれたので、なんとか立っていられた。

「やぁあん……！　ダメ……も……ダメ……あああ！」

激しい抽送に犯されて、なにも考えられなくなる。考えなくてはいけないことなのに、すべて取り上げられてしまう。

——湊士に。

「菜々花」

「ダメ、湊士、さん……もぅ、イク……あぁぁ……」

淫らな吐息が絡まるキスを交わしながら、菜々花は本当に湊士のことしか考えられなくされた。

「そうじさっ……ンッ……好き……あっああ――――!!」

甘く強い絶頂に導かれ、飛び出してきてしまった想い。

きっと、もうしまいこめない。

……確信してしまった。


翌日、改めてふたりで遠藤家を訪れた。

がちがちに固まり今にも気絶しそうな茂彦を前に、綺麗な正座をした湊士は見惚れる姿勢で頭を下げる。

「お嬢さんと結婚させてください」

もう結婚してしまっているのだから「ください」もなにもないのだが、やはり感動してしまい菜々花がぽろぽろ涙を流すと、茂彦も緊張しつつ半泣きで「ふつつかな娘ですが」と返した。

……棒読みだったので、おそらく前日から何度も練習していたのだろう。
娘の抑えた気持ちを知っていた清枝は「よかったね」と微笑みながら泣いてくれた。
とても感動的でおだやかな時間ではあったものの……。
帰り際、ただひとり団らんの輪に入らなかった夏彦が……。
「……おれは、認めないからな」
そう、ぼそりと呟いたのが、少し気になった……。

第四章　嫌われ妻が幸せになるまで

菜々花が湊士と入籍をして一ヶ月――。

そして、ふたりの挙式も一ヶ月後に迫っていた。

この一ヶ月、菜々花は毎日のように考えてきた。

これは花京院家側に都合のいい結婚。とはいえ菜々花に利がないわけではないし、実家の家族は安泰、菜々花も今までどおり仕事ができる。

放置されるのが前提なら、放置生活を楽しめばいい。

もともと嫌われているのだから。そう割り切れば、――さみしくはない。

新婚初夜から誤解してしまうほどの優しさをくれていたのは、やはり〝新婚〟のスタートくらいはそれらしくしてやろうという湊士の気遣いだ。

それも徐々に変わっていくだろう。

すれ違いの生活からはじまって、話をしなくなって、たまに顔を見たら過去のように冷たい視線を向けられる。連絡もしてくれなくなる。

きっと、すぐにそんな日が……。

「今日の君も綺麗だよ、菜々花。ところで、今夜は外食にしよう。記念日だから」

——そんな日が……きていない。

いちいち語尾にハートマークが飛んでいそうなほどご機嫌な声。ダイニングテーブルに朝食の用意をしていた菜々花の腰を抱き寄せ、唇に小鳥のようなかわいいキス。

(うわぁ、蜜月絶好調の新婚さんみたいですね、湊士さんっ!)

照れもあり、茶化した思考に逃げる。が、すぐに一応新婚だったと思い直した。

湊士は毎朝菜々花を褒める。「綺麗だよ」「かわいいよ」「素敵だね」それらと〝かわいいキス〟はセットである。

毎朝の恒例行事だが、一ヶ月経っても照れがあって慣れない。だいたい、なぜ毎朝こんなことができるのだろう。

嫌いな女に、こんなラブラブ新婚対応ができる湊士はすごくはないか。人生一周廻って菜々花を嫌っていたことを忘れたうえで生まれ変わってきたとしか思えない。

「ありがとうございます。湊士さんは今日も素敵ですよ。ところで、記念日、とは……なにかありました?」

義理でも褒めてもらったのだから褒め返さなければ。

とはいえ、湊士が素敵なのは当然のことなので、この程度で褒め言葉になっているのかはわからない。

おまけに、記念日とはなんだ。お互いの誕生日ではないし、暦的にも平凡な平日だ。十一年間湊士に無視されていたので、記念日を作った覚えはない。

「恥ずかしいのか？　とぼけなくていい」

本気で、わからない。

「結婚一ヶ月目の記念日だろう」

――かわいいですね、湊士さん……。

世間には、恋人とつきあったばかりで、つきあいはじめ記念日、初めて手を繋いだ記念日、初キス記念日、交際一ヶ月目記念日、と、なんでも記念日にしてしまう女子、もしくは男子がいると聞くが湊士もその部類だったようだ。

（記念日……一ヶ月記念日かあ……。まぁ、でも、嬉しいよね。まだ〝新婚〟を続けてくれているおかげで、毎晩湊士さんはエッチだし、優しいし）

ご多分に漏れず、菜々花もその部類である。

いつの間にか口元がゆるんでいる。これはいけない、引き締めなくてはデレデレした顔を湊士の前にさらしてしまう。

「記念日の外食、それはよろしいですね。店を予約いたしますか？」

ふわふわとしたピンク色の新婚さん空間に、唐突に挿しこまれる勤勉な声。ビクッと背筋を伸ばして顔を向ければ、声そのままの顔で源がリビングのドアの前に立っている。

「みっ、みなもとさんっ、おはようございますっ！」

慌てて湊士から離れる。腰を抱く手を振りほどかれて湊士は不思議そうな顔をするが、そんな気配は微塵もなかったのに、この場に源がいることのほうが不思議だ。

それも、記念日の外食の話を知っているということは、湊士がその話をしたときからいたということではないか。

腰を抱かれたりキスをしたり、「綺麗だよ」だの「素敵ですよ」だの言い合ったところまでしっかり見られていたに違いない。

そんな場面を、たとえ慣れ親しんだ人とはいえ、見られてしまうなんて恥ずかしい、ムチャクチャ恥ずかしい。

「若奥様、私の存在に気をお使いにならなくて結構です。仲睦まじいお姿を見たからといって動揺などいたしませんので。どうぞ心ゆくまでイチャイチャなさってください」

（イチャイチャとか言わないでください！）

さらに恥ずかしい。

「ところで湊士様、ご予約は」

「大丈夫だ。それなら俺がやる。せっかくの菜々花との記念日だ。シェフにメニューの話も聞きたいし、ソムリエにワインの相談もしたい」

「承知いたしました。湊士様は、若奥様に関して妥協がありませんね」

「当然だ。で？　いつからいた」

「つい先ほどです。湊士様が若奥様にお声をかけられたあたりですね」

「迎えの時間が早いということは、例の書類がまとまったのか？」

「はい、よい具合に」

　ふたりがなにかを話しているあいだに、菜々花は朝食の用意を続行する。先ほどの恥ずかしさをごまかしたいあまり、バタバタと勢いのある動きになってしまった。

「湊士さんっ、お食事のご用意ができましたぁっ」

　勢いそのままの口調になってしまった。さらに恥ずかしい。

「ありがとう、菜々花」

「お疲れ様です、若奥様」

　このふたりにねぎらわれると、なんだかものすごいことを成し遂げたような気分になる。

「食事をしながらでいいから、これを見てほしい」

　テーブルにつこうとした菜々花の前に、湊士がファイルを開いて置く。ビルやホテルなど、大きな建物の写真だ。

いずれも都心の一等地で、人がよく集まる場所である。箸を持ちながら湊士に顔を向け、これはなにかと目で問いかける。

彼はニコリと微笑んで答えてくれた。

「フラワーカフェの候補地だ」

動きが止まる。が、ちょうど味噌汁を取ろうとしていたせいで指先がお椀にあたり、ひっくり返してしまいそうな予感に焦って両手でお椀を支えた。

間に合ったことに安堵しつつ湊士に顔を向ける。

「は……い？」

「いずれの建物も、一階のメイン通り側スペースを確保する予定だ。菜々花としてはどこがいい？　なんなら、ホテルのラウンジをそのまま改装してしまうという手もあるのだが」

「そんな大げさなものじゃなくていいんですよ、なんというか、こう、こぢんまりとした、お花を眺めながらホッとひと休みしてもらえるような空間にしたいので、豪華な場所よりは親しみのある庶民的な……」

庶民的な場所、と言いかけて言葉が止まる。

気持ち的には間違いない。仕事や外出で疲れている人がお花を見つけて、ふらっと入って落ち着ける。そんな場所にできたら嬉しい。

もっと花に触れてほしい、身近に感じてほしい、癒されてほしい。そのためには親しみのある雰囲気は大切だ。

けれど湊士はそう考えてはいないのかもしれない。一等地の豪華な場所で、それなりの人たちに利用してもらえたほうが大きな仕事に繋がる。そんな可能性を含ませているのではないか。

フラワーカフェは菜々花の夢だが、……スポンサーは湊士だ。

彼の意見も、取り入れるべきなのかもしれない。

味噌汁椀の上に箸を置き、両手でファイルを手に取ろうとする。その寸前で湊士が自分側に引き寄せた。

「候補地は再検討しよう。逆に、菜々花が目をつけている場所があったら教えてくれ。何箇所でもいい」

湊士からファイルを受け取った源が、一礼してリビングから出ていく。

建物の写真が並んだページしか見なかったが、他にも書類が挟まっている雰囲気だった。おそらく建物に関する情報が詰まっていたのではないか。

菜々花が考えこんでしまったことで、湊士は検討の余地ありと判断した。そう思ってくれるのはありがたいが、そうすると、ファイルの情報は無駄になる。

湊士との会話から、あのデータは源がまとめたらしい。

いつもの出社時間の迎えではなく食事時間にきたのは、菜々花がデータを見る時間を見積もったからだろう。

彼の仕事を無駄にしてしまったのではないか。

（ああっ！　せめて情報だけでもちゃんと見たらよかった！　もうしわけないっ！）

再検討に安堵する気持ちと、源の労力に少しは報いたい気持ちがせめぎ合う。広さやスペース環境、どんなものをセレクトしてくれていたのか確認するだけでも参考になったのではないか。

「あの、やっぱり今のデータ……」

「希望する場所のイメージを知りたい。こんな場所だったらいいのにと思う場所があるなら、どのあたりか教えてくれ。すでに建物があっても構わない。……ん？　データ、とは？」

同時に口を開いてしまい、湊士の言葉を遮ってはいけないとばかりに言葉が止まる。菜々花の反応に気づいたのだろう、彼は続きをうながしてくれた。

「さっきの、湊士さんが選んでくれて源さんがまとめた候補場所のデータ、やはりちゃんと見せてください。開いて見せてもらったところしか確認していないので」

「しかし、菜々花の希望とはまったく違うのだろう？」

「それでも、なにかの参考にはなるかもしれません。広さとか明るさとか、窓の大きさ天井の高さ。場所は理想と違っても、店内イメージの幅が広がると思うんです」

湊士が目を見開いて少し驚いた顔をする。その顔を見て、菜々花も目を見開いてしまった。

（国宝級イケメンの〝ビックリしてぽかんとした顔〟かわいい……）

見惚れそうになったところで、そんな自分の思考に心の中でグーパンチを炸裂させる。

天下の花京院湊士殿に向かって「かわいい」とは何事か。

「菜々花は、頑なに譲らないだろうと思っていた」

「なにをですか？」

「フラワーカフェの構想は、菜々花の頭の中でゆっくり着実に作られていったものだろう。菜々花のこだわりが詰まっているはずだ。場所も、想定していたものではないのなら見る価値もないのではないか。そう思って下げさせたのだが……見たいと言われて、驚いた」

「すみません、また持ってきてもらうことになるから二度手間ですね。ちゃんと考えればよかったんです、せっかく、湊士さんが選んでくれたのに……」

「なにを言う。仕事に関してのプライオリティを己に置く菜々花が、自分が許したこだわりから外れているものも吸収しようとしている。なんて素晴らしいのだろう」

つまり、仕事に関して自分の考え最優先の職人肌で頑固者が、まったく考えていなかったものを見て参考にしようとしているからエライ。……そう言いたいらしい。

（湊士さん……言いかたが本当に優しいですね）

さすがは湊士さん。菜々花が感動しているあいだに、湊士は源に連絡を入れファイルを持ってくるように指示した。

「でも、こんなに早く場所の選定ができるとは思っていませんでした。立地条件の問題とか費用とか、いろいろ考えなくちゃいけなかったから」

紅鮭の切り身を箸でほぐしながら正直なところを口にするが、言ってから箸が止まる。巨大すぎるスポンサーにとっては、立地条件の問題や費用などなんの脅威にもならないのに。よけいなことを言ってしまった。

「場所だけでも決まってしまえば、一ヶ月後の披露宴パーティーでアナウンスができる。オープンはもっと先でもアナウンスさえしておけば、賢明な招待客たちは今か今かとオープン時期をチェックするだろう。次期総帥夫人の店だからね、オープン時には店内の花以上にお祝いの花が届くだろうし、開店祝いの品で倉庫がごった返すだろうな。新しい顧客も増えるだろう。菜々花の仕事の邪魔になったら大変だから、カフェとアトリエは区切ったほうがいいと思うのだが、どうだろう？」

紅鮭の骨を箸で綺麗に取りながら、湊士が顔を上げる。菜々花を見てその箸を止めた。

おそらく菜々花が、先ほどの湊士のように目を見開いてぽかんとしていたからだろう。

「どうした菜々花、かわいい顔をして」

菜々花が口にできなかったことを言われてしまった。胸の奥がきゅんきゅんするので、今度勇気が出たら湊士にも言ってみよう。

「あ……、湊士さんが、そんな強烈な宣伝方法を考えているとは思わなくて……」

あえてはぶいたが、コネ全開放出だ。湊士にいい顔をしておきたい人たちが、競うように菜々花にもいい顔をする。

しかしそんなことをしてもいいのだろうか。湊士の存在を使って仕事をするなんて……。

「どうした？　なにか不思議か？」

考えこんでしまった菜々花に反して、湊士は平然と食事を続けている。迷いを口にしていいか躊躇していると、彼が箸を置いた。

「菜々花が、ただ趣味や娯楽で持つ店ならば、わざわざにおわせるようなことはしない。しかしこれは菜々花の夢であり〝仕事〟だ。本気でやっている仕事に、仕掛けをしない手はないだろう？　菜々花の仕事は、菜々花が所属する会社の利益にもなる。つまりは、フローラデザイン企画に貢献できる」

湊士がクスリと笑う。話を聞いているうちに菜々花の顔が明るくなってきたからだろう。

「菜々花は、自分の会社が大好きだろう？　利用できるものは利用しろ。利用の仕方によっては今までとは視野が違う仕事も入ってくるようになる」

「はい、利用します！」

思わず腰を浮かせて即答する。張りきり具合がおかしかったのか、軽くハハハと笑われた。

――その顔を、また、かわいいと思ってしまった。

落ち着くために大きく息を吐き、椅子に腰を戻す。

「でも、ありがとうございます。わたしの仕事のこと、そんなに考えていただけて……嬉しいです」

自分の思考が照れくさかったのと本心から嬉しかったせいもあって、満面の笑みが出てしまった。

喜びすぎだろうか、ご機嫌取りに笑っていると胡散臭く思われてしまうのでは。そう感じて笑顔を固める。が、当の湊士は額に手をあてて下を向いていた。

(え？　なんか怒ってるとか？)

やはり胡散臭かったのだろうか。しかし嬉しかったのは本心なのでごまかしようがない。

「湊士さん……どうかしましたか？」

おそるおそる声をかけると、湊士が小さくため息をついたのでドキッとした。

「いや、なんでもない。源が遅いなと思っていたんだ」

顔を上げ、腕時計を確認する。言われてみれば遅いような気がする。普通なら気にするほどでもないのだが、源は行動が早い。特に湊士が絡むと特別素早い。

駐車場で待っていたとしても、すでに上がってきていていいはずなのだ。

湊士もそれを心配しているのだろう。卵焼きを頬張りながらちらりと彼を見る。……少し、頬が赤らんでいるように感じるのは気のせいだろうか。顔を上げたときからそうだった。

――まるで、照れているような……。

んーっと考え、間違いなく気のせいだとの結論に達する。菜々花が胡散臭い笑顔を見せてしまったあとだし、彼が照れる要素はどこにもない。

「菜々花の仕事の幅が広がるのはいいことだ。俺が仕事でこちらにいられなくても、好きな仕事があれば生活が潤う。それに、新しい知り合いも増えるだろうから退屈しない」

（あ……）

わかってしまった。湊士がフラワーカフェの計画を進めて、菜々花の仕事にとって大きなプラスになるよう考えている本当の理由。

菜々花が放置されるときのことを考えてくれているのだ。

湊士がそばにいなくなっても、外に作った恋人のもとに行くようになっても、菜々花には仕事がある。なすべきことがたくさんある。

放置妻であることを気にする暇はないだろう……と。

（そうか、……そうだよね）

心の裡で自分に納得をさせる。湊士さんは、嫌いな女でも〝妻〟という役割を与えたからにはそれらしく扱ってくれる、菩薩級に温情がある人だ。

放置したあとのことを考えてくれただけなのだ……。

その十分後、やっと源がやってきた。駐車場で軽いトラブルがあったらしい。軽いというわりにはわざわざ別室に移って湊士に報告をしていたので、本当に軽かったのかはわからない。

食事が終わっていたこともあって、データの確認は菜々花の時間があるときにするということに決まり、ファイルだけを受け取った。

『また長話になってしまって申し訳ないね。遠藤さんは聞き上手だ』

申し訳ないと言いつつ楽しげな声を聞かせてくれるのは、一ヶ月前からつきあいがはじまった竹中花園の社長だ。

厳つい声をしているので怖く聞こえることもあるのだろうが、菜々花に言わせれば威勢がいいだけである。こういった雰囲気は父親の仲間にも多いので慣れっこである。

「とんでもないですよ。社長のお話は勉強になります。毎回打ち合わせが楽しみなんですよ」

『そうかい？　そう言ってもらえると嬉しい。私も楽しみにしてるんだよ。遠藤さんの仕事も考えかたも、骨があって気に入ってるんだ』

「ありがとうございます」

そう言ってもらえて嬉しいのはこっちのほうだ。竹中花園の社長もなかなかに頑固者なのだが、父と話をしているようでテンションが上がる。

電話を終えて伸びをする。バッグを肩にかけると、自席でお弁当を食べていた美衣子が、ひょこっと顔をのぞかせた。

「菜々花さん、今日は外食ですか？」

「お昼に済ませたい用事があるから、ついでに食べてくる。いってきまーす」

「いってらっひゃーい」

食べながらのお見送りのせいで言葉がおかしくなってしまった。美衣子も予想外だったのか、箸を持ったまま両手で口を押さえる。

通りすがりの社員にからかわれる彼女を見ながら外へ出た。ひとまず当てもなく足を進める。

「どこに行こうかな……」

済ませたい用事とは、湊士に預けられた候補地のデータを見ることである。

会社では社員の目につきすぎて見づらいので、お昼に外出してゆっくり見ようと考えたのだ。

（ゆっくり見られるところがいいな。できれば静かなところで……定食屋さんはにぎやかだし、近くのカフェにしようかな）

あれやこれやと考えて目的地が定まる。そこに向かって歩調が速くなったとき……。

「ごきげんよう、菜々花さん」

足が止まった。というより、瞬時に足が固まって動けなくなった。

聞き覚えのある声にいやな記憶が脳から噴き出して、背筋が冷える。

菜々花と並ぶように一台の車が停まっていることに気づいた。赤いスポーツカーは、カッコイイ外車としてメディア登場率が高い車種だ。

「お久しぶり。私のこと、覚えていらっしゃる？　忘れてしまったかしら、十一年ぶりですものね」

車道側の窓から話しかけてくる女性の声を、忘れるはずがない。そして、その顔は、思いださないようにできるだけ記憶の奥底に押しこめてきた。

それでも一ヶ月ほど前、鮮明に思いだしてしまった出来事があった。

――マンションの前でがなり立てていた女性。

ごくりと喉が鳴る。ここで動けなくなるわけにはいかない。菜々花はゆっくりと顔を向け、震えないよう声を出した。

「ご無沙汰しております。……宝来璃々亜さん」

湊士の元婚約者候補。

正式な婚約者としてナンバーワンの存在だった女性だ。

そして、最も菜々花に嫌がらせを繰り返し、他の令嬢たちにもそれを支持させた。彼女を思いだすと当時の悲しくて悔しかった気持ちがよみがえる。

あのころ、湊士が常にそばにいてくれなかったら、菜々花は婚約者候補なんていう大役は務まってはいなかった。

たとえ花京院家の最高権力者が命じたことでも、父の仕事に影響があったかもしれなくても「降りたい」と泣いて頼んだかもしれない。

十一年経って高級車の運転席から菜々花を見る彼女は、昔のままとても綺麗で、さらに大人の女性を感じさせ、冷淡な眼差しを向けてくる。

同じセレブでも、花京院家の義母が身にまとっている上品さを、彼女からは感じられない。

「覚えていてくださったのね、光栄だわ。なんといっても、花京院コンツェルン次期総帥の正妻様ですものね。聞いたときは驚いたわ。品のない冗談かと思った」

驚いた結果が、一部の人間しか知らない住居を探り出して怒鳴りこんでくることなのだろうか。それこそ品のない冗談のようだが、あえて口には出さなかった。

「わたしに、なにか御用でしょうか？　披露宴パーティーについてのご質問でしたら、わたしでは少々わかりかねます」

　挙式や披露宴パーティーの準備は、花京院系列ホテル企業のブライダル部門が一手に仕切ってくれている。菜々花は自分の招待者の選別をしたら、あとは手入らずだ。

　それでも菜々花の職業柄、会場の装花は任せてもらえた。宮崎が言っていたとおり、自分の結婚式の装花を担当するのだ。

　装花用の花は竹中花園に発注してある。菜々花が知りえる限り、最高の品質でそろえてくれる業者だと思う。

　正直なところ、湊士から仕入れ金額を気にしなくてもいいと言われたとき真っ先に思い浮かんでしまったのである。

「披露宴パーティー？　そんな茶番、興味ないわ」

　軽く鼻を鳴らし、璃々亜は半嗤いで菜々花を見る。

「一応、式を挙げて表向きの妻をお披露目しておかないと体裁が保てない、というやつでしょう。ただの茶番じゃない、くだらない。そんなもの見る価値もない。まあ、私も〝体裁のために〟参加しますけど」

「ブライダル部門スタッフの皆さんは、真摯に準備を進めてくださっています。人の仕事を、茶番だのくだらないだの、粗末な言葉でまとめるのはやめてください」

言い返せるとは思わなかった。しかし、見る価値もないとまで言われては黙っていられない。

菜々花だって装花を担当するのだからスタッフのひとりだ。

自信を持って進めようとしている自分の仕事を、ただ自分の感情で馬鹿にしたい人間に負けたくない。

言い返されたことに璃々亜はとても驚いたようだ。冷たい眼差しに険を含ませ声のトーンを落とした。

「言うようになったのね、図々しい。十一年見ないあいだに、卑しさに磨きがかかったみたい。そうよね、身の程もわきまえず、湊士さんの妻の役目を引き受けるくらいですもの」

先ほどから彼女の言葉に引っかかりを感じる。表向きの妻とか、妻の役目を引き受ける、とか。

鼓動とともに大きくなっていく胸騒ぎは、菜々花には知られたくない事情を、彼女は知っているのではないかという不安からだった。

菜々花が黙っていると、璃々亜は両口角を上げて笑顔を繕う。

「まあいいわ、ねえ菜々花さん、少しお話ししませんか？　私たち同じ立場になるのだし」

「同じ立場……？」

尋ねておきながら、なにも言うなと願う。返ってくるかもしれない言葉を聞きたくない。頭の中で反響する予想と同じかもしれないから。

「そうよ、同じ。花京院家のために、湊士さんと優秀な跡取りを儲ける大切な役目を担っている者同士……でしょう？」

全身の血が一気に足元へ落ちたかのよう、急激に全身が冷えた。それでも握りしめたこぶしには湿り気が生まれ、冷たい汗が額に浮かぶ。

「花京院のおじいさまにお話をお聞きして、すぐに了解したの。なんて素敵なお話。あなた風情が妻に収まった理由もわかってスッキリしたわ。そうよね、優秀な血を残してさらに選別するためには、両親が優秀でなくてはならないのよ。俗世で穢れているＤＮＡには荷が重いわ」

跡取り候補を儲ける前提の恋人候補は、すでに選ばれはじめているのだ。璃々亜の他にも決まっているのだろうか。

（湊士さんが……違う女の人のところへ行くようになる……）

わかっていたことなのに。それを理解して結婚したのに。放置されても大好きな仕事があるのだから、まったく構わない。そう思っていたはずなのに。

璃々亜にその現実を突きつけられて、こんなにもショックを受けている……。

窓枠に腕をかけ、璃々亜は首を伸ばす。

「仲よくしましょうよ菜々花さん。私たち、姉妹みたいなものじゃない」

茶化すようなくすくす笑い。姉妹、の意味をなんとなく察して自然と眉が寄った。

「あら？　こういった俗なお話はお嫌い？　意外だわ、大好きかと思った。私はぜひとも、どんな手練手管を用いてあの湊士さんを惹きつけているのかお聞きしたかったわ。湊士さんも、にじみ出る卑しさが物珍しいのでしょうね」

「湊士さんを馬鹿にしないでください」

「していないわ。したように聞こえるの？　むしろ、どんな女にも興味を持てる精力的なところが頼もしいわ。湊士さんが、私と過ごしてくれる日が楽しみでたまらない」

お腹の奥をカチカチと火打石で叩かれているようだ。今にも着火して噴火してしまいそう。同時に胸がもやもやして気持ちが悪い。

（湊士さんが、この人と……）

考えたくもないし、想像もできない。……想像なんて、したくない。

「ねえ菜々花さん、ゆっくりお話ししましょう？　お気に入りのサロンがあるの。ご紹介するわ、きっと気に入るはずよ」

これ以上なにを話そうというのか。璃々亜に呼び止められたのは、自分が跡取り候補を儲ける女性に選ばれたことを告げるためだ。

菜々花が妻に選ばれた理不尽な理由を蔑み、自分の優位性を固辞するためだ。

彼女は昔から、自分だけが一番だった。そんな自分を差し置いて、湊士が菜々花のそばにいるのが気に喰わなかったのだ。

噴火のくすぶりがこみ上げてくる。先に口が開いたそのとき……。

黒い影が、目の前に立ちはだかった。

「お話し中ではございますが、宝来様。若奥様はこれから挙式の打ち合わせがございますので、このあたりで失礼させていただきます」

綺麗な立ち姿でお辞儀をしたのは、源である。

「さあ若奥様、こちらへどうぞ」

璃々亜の返事を待たず、源は手を前に出しUターンをうながす。少々気まずくはあるものの、これ以上璃々亜にかかわっていたら怒鳴り声をあげてしまいそうな予感がして素直に従った。

すぐに大きなエンジン音とともに車が走り去る気配がする。源が立ち止まったので、菜々花も止まってペコッと頭を下げた。

「ありがとうございます、源さん。……懐かしい方に偶然会って、なにをお話ししたらいいか戸惑ってしまって」

「お礼ならば湊士様におっしゃってください。若奥様はお昼休みに静かな場所で今朝のデータを確認するだろうから、待ち伏せをされていないか確認してきてほしいと私を遣わされたのは湊士様です。相変わらず、若奥様に関する勘は鋭くていらっしゃる」

「湊士さんが、ですか？」

お昼休みに静かな場所で、なんてところまで行動パターンを読まれてしまっている。驚きではあるが、なんだか嬉しい。

「ですが、待ち伏せって……、宝来さんがわたしに声をかけてきたのは、偶然ではないんですか？」

「そうですね。待ち伏せしていたという認識でよろしいかと。実は今朝、マンションの駐車場に入りこんだ宝来様に詰め寄られたのです。ここに住んでいるのは知っているから部屋を教えなさいと。お教えすることはありませんでしたが、そのままお帰りいただくのに少々手間取ってしまいました」

「今朝……」

今朝、データの件で湊士が源を呼んだとき、彼にしては到着が遅かった。

そんなことがあったのなら遅かったのもわかるし、そのあと別室で湊士に報告していたのは、菜々花を心配させないためだったのだろう。

「駐車場で、若奥様に話があるとおっしゃっていましたので、仕事中に待ち伏せるのではないかと危惧していたのです。それで湊士様が、若奥様の昼休みに様子を見に行くようにと」

朝から押しかけ、さらにお昼休みに待ち伏せして、璃々亜はよほど菜々花に自分の存在を見せつけたかったようだ。

自分も湊士の子どもを儲ける権利を得たのだと、自慢したかったのだろうか。

引退してもなお花京院家の最高権力者である祖父が選んだのなら、湊士も璃々亜が選ばれていることを知っているだろう。

彼は、どう思っているのだろうか。

考えたら心が苦しくなる。菜々花は一度唇を引き結び、そのまま両方の口角を上げて笑顔を繕った。

「でも、源さんがきてくれて助かったのは本当ですから、お礼を言わせてください。ありがとうございます。湊士さんにも、帰ったら言いますね」

「はい。若奥様が感謝してくださっているとあれば湊士様もお喜びになります」

「そうでしょうか?」

「はい、それはそれはとてもとても。喜び浮かれすぎて、会社の階段を踏み外すほどお喜びになるかと」

「それは……大げさだと思います」

いくらなんでもそれはない。湊士が浮かれて階段を踏み外す姿など想像できないし、ありえない。

「いいえ、そんなことはございませんよ」

源はにこにこしているので、ずっとそばにいるぶん、そんな浮かれた湊士も知っているのかもしれない。

「ところで若奥様はどちらに？　お送りいたします」

「あっ、いいんです。目当てのカフェはすぐそこなので。むしろ源さんは湊士さんのそばにいなくちゃいけないのに、ここまできてくれてありがとうございます」

「では、カフェから会社へお戻りになる際にはお送りさせていただきます。帰宅される際ももちろんでございます。すべて湊士様のご指示ですので、ご心配なく」

「そう、なんですか……」

璃々亜の件があるので警戒したのだろうか。もしものことを考えると不安なので助かるが、申し訳ないような気もする。

「源さんは湊士さんについていなくていいんですか？　お世話役だし、専属の運転手とボディガードも兼ねていますよね」

「運転手兼ボディガードは他の者でも務まります。そうですね……湊士様が浮かれたときに止められるのが私だけだというくらいですが、ご帰宅後に若奥様のお顔を見るまで浮かれるということもないでしょう」

やはり源は湊士が浮かれた姿を知っているのだ。想像できないが、彼はどんなときに浮かれるのだろう……。

源の話しかたから察するに、彼は湊士が菜々花に夢中だと思っている。感謝されて階段を踏み外すほど浮かれるとか、顔を見て浮かれるとか。そんなことはありえないのに。

幼いころからのお世話役だと言っていた。菜々花がその存在を知らなかったのは、菜々花と会うときには影に引いて、他の使用人たちに紛れていたからなのだろう。

彼は、湊士が菜々花を嫌っていることを知らないのだろうか。それとも彼も、正妻に対する気遣いを見せているだけなのだろうか。

湊士の心遣いを受け入れ、源を借りることにする。カフェに入って注文を済ませてから、湊士にお礼のメッセージを入れた。

帰宅してから言ってもいいが、安心した気持ちを少しでも忘れないうちに感謝を伝えることも、大切ではないか。

〈湊士さんのおかげでとても助かりました。
源さんを借りてしまってごめんなさい。
でも、本当に安心したんです。
行動パターンを読まれてしまっていたのは照れくさかったけれど、
わかってもらえていて嬉しかったです。

ありがとうございます、湊士さん〉

メッセージに、ハートを持ったかわいいうさぎがぺこりと頭を下げるイラストスタンプ付き。

（ちょっと……馴れ馴れしすぎるかな）

一応妻という立場で馴れ馴れしさを心配するというのは違う気もするが、うるさがられないよう気をつけたいとは思っているのだ。

すぐに既読にはなったのだが、返信はなかった。

やはり馴れ馴れしくて引かれたのでは……。

そんな心配をしていた一時間後、「役に立ててよかった」と返信があった。

短いひと言ではあったものの、とても安心したのだ。

しかしその安心は、不安に変わる。

帰宅の際、源が運転する車内で、緊急の用事が入り湊士が今夜は帰れないという話を聞かされた。

仕事だろうか、それとも私用だろうか。そんな不安でいっぱいになってしまったのは、璃々亜の話を聞かされたからだ。

もしかして、早速会いに行ったのでは……。

そうだとしても、菜々花が気にしていいことではないし、気にするべきことではない。

わかっている。自分はそれを受け入れた。好都合とさえ思った。

それなのに……。

――胸が痛くて、たまらなかった。


翌日は、朝から社内が大騒ぎだった。

菜々花に対しては常々上から目線で挑んでくる花農家の垣田が、直接会社までやってきて卸値の大幅な値上げを要求したのである。

受け入れなければ今後一切取引はしないという。宮崎に対してはいつも腰が低いのに、今回に限ってはとても強気だった。

問題はもうひとつ。

竹中花園が取引を白紙にしたいと言いだしたのだ。

『申し訳ない、遠藤さん。これ以上は、あなたとの取引はできない。本当に申し訳ない』

垣田とは違い、竹中社長は低姿勢だ。電話を握りしめて腰を深く折っている姿が想像できる。

そんな竹中と話をしながら、菜々花は取り乱さないよう意識をして冷静な声を出した。

「なにか不都合がありましたか？　もしわたしがなにか無理を言ってしまっていたのなら……」

『違う、遠藤さんはなにもしていない。遠藤さんは悪くない』

「それなら……」

『けれど、私はここを守らなくてはならないんだ。妻や子どもを、家族のような従業員を。……本当に申し訳ない！』

竹中はただ謝るばかり。電話ではらちが明かない、直接会って話がしたいと提案するが、やはり受け入れてはもらえなかった。

宮崎の指示で、ひとまず話を保留にしてもらい通話を終える。垣田のほうも要求を保留にして帰ってもらったようだ。

その後、菜々花は宮崎の社長室兼アトリエに呼ばれた。

「もし垣田さんとの契約を切ったら、菜々花さんは困る？」

「困る困らないでいうなら、困りません。垣田さんにお願いしていたぶんを他の花農家さんに回せばいいだけなので。ただ、垣田さんほどの大口の受注を受けられるところがないので、分散して発注する手間はかかりますが。あとは、やはり仕入れのコストが問題になりますね……」

作業台に広げられたさまざまな種類、色とりどりの花たち。それらを一本一本ブーケにまとめながら質問する宮崎に、即答する。菜々花は台から落ちた赤いガーベラを拾い上げ、ジィッと眺めて考えこんだ。

「……コストで考えるなら、垣田さんだって、うちと取引をやめたら困るはずなんです。垣田さんのところで出るロスフラワーは、半数以上うちで引き取っていますから」

ロスフラワーとは、サイズや品質の関係で規格外と判定され市場に出せなくなってしまった花。垣田の花農場で出るロスフラワーを多く仕入れできるのは、フローラデザイン企画独自のロスフラワーを活用した通販システムがあるからだ。

取引をやめれば、大半のロスフラワーの行き場がなくなり廃棄するしかなくなる。垣田側だって困るはず。

「それなのに、いきなりあんな要求をしてくるなんて。まるで脅しじゃないですか」

「それなんだけどね……」

はあっと息を吐き、宮崎は手にしていた黄色いバラの茎を指のあいだでくるくるっと回しブーケに加えていく。線の細いイケメンなだけに、こういった仕草が優雅でちょっとカッコイイ。

実際、ポップアップショップなどでブーケ制作の実演会をすると、宮崎の周囲は女性で埋め尽くされるのだ。

ちなみに本人は、無自覚である。

（これで独身なんだから、罪な男ですね、社長）

心の裡で茶化していると、顔を上げた宮崎と目が合う。眉をひそめているので、もしかして口に出ていたのだろうかと焦るあまり笑顔を引き攣らせてしまった。

「菜々花さん」

「は、はいっ」

「きみ、嫁ぎ先のこと、仕事関係者に話した？　会社のみんなじゃなくて、取引先の誰か」

口に出ていたわけではないようだ。しかしなぜそんなことを聞くのだろうと不思議になる。

菜々花の嫁ぎ先の名前など知られたら、いやでも気を使う者が出てきてしまう。話すわけがない。

自分の店を持つ際に、湊士の関係者として最初から菜々花の立場を知っている人ならともかく、今まで普通に接してくれていた取引関係者に態度を変えられると仕事がやりづらくなる。

「話していません。自然に知られたならともかく、自分からなんて」

「そうだよね……」

宮崎は再度ため息をつく。ブーケの茎を紐でまとめてから、両手を台について改まった声を出した。

「垣田さんが、おかしなことを言っていた。ここの社員がとんでもない大金持ちと結婚をした。援助と称してこの会社に莫大な資金が投入される。小さな会社だと思って卸値の相談に応じてやっていたが、その必要もないだろう。……って」

菜々花は目を大きくする。

「なん……ですか、それ」

「垣田さんが融資を受けている銀行の担当者が、雑談としてそんな話をしていったらしい」

「銀行の担当が、ですか?」

銀行員が顧客とそんな込み入った話をするものだろうか。するとしても、仲間同士の情報共有の意味で話すくらいではないのか。

「どうも、いつもの担当者が話したのではなく、初めて見る女性が一緒についてきていて、その女性が話していったらしい。担当者がぺこぺこしていたというから上司なのか……、それとも、上役の娘とか……」

「銀行の……上役の娘……」

いやな予感で胸がざわざわする。もしかしての思いが頭を埋め尽くし、「まさか、そんな、でも」と猜疑心でいっぱいになる。

「もしかして、仲のいいお友だちの家が銀行の偉い人だとか……そういうの、ない？」

「友だちには……そういった人はいないです」

「そうか……、あっ、菜々花さんのお友だちを疑うような話をして申し訳ない」

「いいんです、大丈夫です」

友だちではない。

仲のいい友だちでは、決してないが、思い当たる女性はいる。

頭に璃々亜の姿が思い浮かんだ。彼女は宝来フィナンシャルグループのご令嬢だ。

宝来フィナンシャルグループは銀行も所有している。花京院系列の企業も多く取引銀行として使っていて、かつて璃々亜が湊士の結婚相手として不動の地位にいたのは、それが関係している。

（まさか、あの人が……）

証拠はないが、可能性として考えることはできる。

菜々花は手元のガーベラをじいっと見つめる。そのうち、考えこんでいるだけでは仕方がないのではないかという気になってきた。

「社長、このガーベラ、いただいていいですか？」

「いいけど、そのコ、気に入ったの？」

「なんか、眺めていたら、とにかくなにかしなくちゃ、って気になってきたので」

「そうか、それはいいね。菜々花さんらしい。その花も、菜々花さんのようでピッタリだ」

女性を花にたとえるとは。なんというイケメン思考。ますますこれで独身なのが悔やまれる。

「花言葉が、菜々花さんにピッタリだって意味だからね」

「ですよね〜」

おどけつつ苦笑いをする菜々花に、宮崎は社長の顔で言い渡す。

「赤いガーベラの花言葉は〝常に前進〟です。菜々花さんが言うとおり、問題が起こったのならとにかくなにか対策を打たなくてはなりません。〝前進〟しましょう、菜々花さん」

「もちろんです社長！　思うところがあるので行ってきます！」

赤いガーベラを握りしめ、勢いよく社長室兼アトリエを出る。

「フローラデザイン企画に遠藤菜々花あり、だ。コーディネーター舐めんなよ〜」

決め言葉を呟きながら、作業室でガーベラの茎を切り水揚げをする。そのあいだに気持ちを落ち着け、一輪挿し用のフラワーベースにガーベラを挿し、オフィスに戻った。

デスクにガーベラを置いて満足げに眺めていると、視界の端で不安そうに菜々花を見ている美衣子が映る。

「美衣子ちゃ……」

振り返り近づいていこうとすると、美衣子が勢いよく立ち上がった。

「な、菜々花さんっ、お昼、食べてないですよね。あたし、なにか買ってきましょうか？　それともお昼に出ますか？　こんな時間ですけど、でも、ひと休みはしたほうがいいし、してください！　あたし、なんもできないけど、留守番とネットの受注管理は得意ですから！」

腕時計を確認しつつ彼女に近づく。こんな時間ですけどの言葉どおり、すでに十五時を回っている。

朝からのトラブルが業務に喰いこんでしまったせいで、考えることが多かったのもあってお昼をとっていない。今からというのも中途半端だし、それならいっそなしでもいいのではないか。

「あのっ、社長も菜々花さんも他の社員さんも、朝からいろんな対応に追われてるのに、特に社長と菜々花さんは大変なのに、あたし、なんにもできなくてすみません！　あたし、社員さんたちみたいに役に立てなくて、留守番しかできなくて、本当にすみません！　あたし……」

頭を下げる美衣子は、だんだんと泣き声になってくる。彼女は派遣社員なので、ネット受注の管理や軽作業、オフィスが空になる際の留守番が主な仕事で、取引先との関係性にタッチすることはない。

それなので、こういったトラブルにはかかわることはもちろん、口出しもできないし対応に動く社員のサポートも難しいのだ。

美衣子は自分の仕事をしっかりやっている。軽作業では花の仕分けや選定も上手い。役に立っていないなんて絶対にないが、こんな状況でなにもできない自分が情けないと感じているのだろう。

菜々花は目の前で震える下がった頭に手をのせると、ポンポンッと叩いて撫でた。

「美衣子ちゃんにお願いがあるんだけど」

「なんでしょう、買い物ですか？　コンビニよりお弁当屋さんのほうがいいですよね、なにがいいですか、やっぱりお肉かな」

お願いに反応し、美衣子は勢いよく顔を上げる。今にもお財布を持って飛び出していきそうな雰囲気だ。

彼女の腕を掴み自席の椅子に座らせる。菜々花は椅子の背もたれとデスクに手をつき、身をかがめて美衣子の顔を覗きこみながら声をひそめた。

「垣田さんと、竹中さん、双方の取引銀行って調べる方法ある？」

「取引……銀行、ですか？」

菜々花の声が小さいせいか、美衣子も小声になる。「んー」と考えてから思いついたように顔を向けた。

「多分、わかると思います。どちらもホムペがありますから……」

話しながらパソコンのキーボードを叩いていく。垣田花農場のホームページを表示させ、別のディスプレイに竹中花園を表示させた。

「会社概要に取引銀行までしっかりと載せている会社は多いです。なんだかんだうるさいけど垣田さんは大きい農場だし、竹中さんはシッカリしていてマメなので、細部まで載せていると思いますよ」

さりげなく本音が出るのが美衣子である。

ふたつのディスプレイに概要欄ページが映し出される。それをしばらく眺め、菜々花は美衣子の頭をポンポンッと叩いた。

「ありがとう、美衣子ちゃん。美衣子ちゃんは十分、会社の役に立ってるよ。大丈夫、自信持って」

「菜々花さん……」

「やっぱりお昼に出てくる。ちょっと確認したいことがあるから、そのまま目的地まで行ってくるかもしれないけど連絡は入れるね」

言いながら自席へ戻り、軽くデスクの上を片づけてバッグを肩にかける。他の社員に「あとよろしく」と声をかけると「ＯＫです！」と返ってきた。

菜々花の動きを心配そうに見る美衣子に近づき、さりげなく耳打ちをする。

「仕事が終わる時間になってもわたしが連絡をしなかったら、社長に言って、わたしの……夫に連絡してもらって」

夫、という部分で少々照れが出てしまったものの、肩をポンッと叩き出入り口へ向かう。

美衣子が驚いたように席を立ちかけたのがわかったが、思い直したのか声をかけてくることはなかった。

彼女には伝わったのだ。菜々花の覚悟が。

もしかしたら、連絡ができない事態になるかもしれない可能性が。

それがどういうことなのかまではわかっていないだろうけれど。

垣田花農場と竹中花園の取引銀行は、宝来フィナンシャルグループ系列の銀行だった。

担当者と一緒に垣田のもとを訪れ、よけいな個人情報や嘘情報を吹きこんだ女性というのが璃々亜だとすれば。

竹中に「私はここを守らなくてはならないんだ。妻や子どもを、家族のような従業員を」と必死にさせるような、なにかを仕掛けたのだとすれば。

菜々花に対する嫌がらせとしては最高ではないのか……。

社屋を出てから足を進めるのは、昨日と同じ道順だ。人目につかない道をひとりで歩いていれば、おそらく璃々亜が現れる。

璃々亜は早急に菜々花を湊士と離婚させたいはず。それなら、ただ困らせるだけの嫌がらせで終わるはずはない。絶対に直接コンタクトを取ってくるはずだ。

——赤い車が、ゆっくりと菜々花の横で停まった。

菜々花も足を止める。車の窓が下りた気配がして、顔を向けた。

「今日は邪魔が入りそうもないかしらね」

窓枠に肘を引っかけて、璃々亜が嗤っている。昔から変わらない、いやというほど見知った表情だ。

心の底から、菜々花を嘲っている顔。

「こんな時間にひとりでお出かけ？　ああ、なにか異常事態が起きてその対応にでも行くのかしら。大変ね、あくせく働かなくちゃならない人は」

「……宝来さんは、なぜこんな時間に車でウロウロしていたんですか？　わたしに話しかけるためにわざわざウロウロしているんですか？　大変でしたね、でも、あくせく働かなくてもいい人にはどうってこともないですよね」

軽い嫌味のつもりで言ったのだが、あまり効いていないようだ。本人は平然とした顔をしている。

「あくせく働くのは、あなたたちレベルの人間の役目でしょう」

あまりというより、まったく効いていない。軽い嫌味だったことさえわかっていない。

「昨日も言ったけれど、私、あなたとお話がしたいの。まさか二日続けて断るとか……ないわよね？」

「ちょうどいいです。わたしも、宝来さんとお話がしたいと思っていました。ここを歩いていれば、あなたから声をかけてくるのではないかと思っていたんです」

「なにそれ、すごい勘ね。それとも適当に言っているだけ？　まあいいわ、乗って。素敵なサロンにご案内するから。そこでゆっくりお話ししましょう。車で十分くらいかしら」

「わたしおススメの素敵なカフェなら、ここから歩いてすぐですよ。近いし、そこにしませんか？」

「なあに？　あなた方が行くような場所に誘うなんて、嫌がらせのつもり？　無理無理、狭くて騒がしくてセンスのかけらもないような場所、ごめんだわ」

聞く耳を持たない様子で嘲笑し、助手席を指さす。さっさと乗れ、という意味だろう。どうしても彼女の口から聞きたいことがある。菜々花は言われるまま助手席に乗りこんだ。

車が走り出し、菜々花が口を開く。

「宝来さんは、わたしに湊士さんと離婚しろと言いたいんですよね」

「直球ね。でも、わかってるじゃない」

「広く周知される前に、結婚式の前に正式に離婚させたい。式まで一ヶ月あるけれど、一日でも早く。その説得をするためにわたしと話をしたがっているんですよね。だから、絶対に今日もわたしを見つけようとウロウロしていると思ったんです」

璃々亜が声をかけてくるだろうと思っていた理由を口にする。彼女は理由の前半に喰いついた。

「一ヶ月、そうよ、あと一ヶ月しかないの。屈辱だわ……どうしてあなたなんかが正妻で、私が愛人なのよ。普通は逆じゃない。私が妻なら、優秀な子どもができるのは確定なんだから他に跡取り候補なんかいらないし、面倒なこともないのに」

思いだしたら気が立ってきたのだろう。苛立ちのままにアクセルをポンピングするので危なっかしい。

「でも、話せばあなたもすぐに気が変わるわ。着いたわよ」

十分も走っていない気はするが、荒い運転の車に乗っているよりはましだ。車を降りると、エステサロンの看板を掲げたビルの前だった。

素敵なサロンとはエステサロンのことなのだろうか。正直この手の場所に足を踏み入れたことはないのだが、広告で見るような痩身や脱毛の他にお茶を飲みながら話ができるような設備があるのだろうか。

「こっちよ、いらっしゃい」

命令口調でうながし、璃々亜はビルに入っていく。車はビルの前に停めたままだがいいのだろうか。結構な高級車なのだからちゃんと駐車場に入れたほうがいいのでは。

そんな心配をしてみるものの、見ればビルの周囲には何台もの車が停められている。いずれも同じようなタイプの高級車だ。

杞憂だったと冷めた気持ちで璃々亜に続く。すぐにエレベーターに乗るが、上がるのではなく地下へ向かった。

ビル自体は普通のビルだ。地下に璃々亜がお勧めのサロンがあるらしいが、カフェのようなものなのか想像がつかない。

地下はただ通路が延びているだけ。通路の先にあるドアの前で、黒いスーツ姿の男性がひとり立っている。璃々亜の顔を見ると、すぐに扉を開けてくれた。

「会員制なの。気に入ったらあなたも登録なさい。……まあ、生まれのレベルで弾かれると思うけど」

つまりは生まれながらのセレブでなくては会員になれないということなのだろう。世の中には、セレブのセレブによるセレブのための場所というものがあるようだ。

扉をくぐれば、そこは別世界だ。高級ホテルのロビーかと思うような豪華な内装。シャンデリアがきらめき、大きなソファが置かれセンターテーブルは大理石だろう。

ドアの前にいた男性と同じ黒服の男性が三人ほど、三箇所で見張りのように立っていた。

足が引っかかりそうな毛足の長い絨毯を踏みしめ、璃々亜の勧めに従ってソファに腰を下ろす。座り心地はいいが、どうも落ち着かない。

向かいのソファに腰を下ろした璃々亜がテーブルに置かれた木箱を引き寄せ、中から取り出したものを口に咥える。素早くやってきた黒いスーツの男性が火をつけたのを見て、やっとそれが煙草だとわかった。

「あなたもいかが？　極上品よ。湊士さんはこういったものを好まないから、彼のそばにいても楽しめないわ」

「わたしも煙草は吸いませんから、結構です」

「煙草……ねえ」

くすくす笑っているが、なにがおかしいのかわからない。菜々花としては、人の前で煙草を吸うなら吸ってもいいかと確認をとるのがマナーだと思っている。

セレブはそうじゃないとでもいうのだろうか。それとも、格下とみなした相手には断りなど入れる必要はないと思われているのか。

すぐに紅茶が運ばれてきた。テーブルに置かれているあいだに軽く周囲を見回す。

この広い空間にいるのは、璃々亜と菜々花、そして三人の男性だけ。今座っている大きなソファセット、数台のフラワーテーブル、空間を埋めるものはあるにしても奇妙な部屋だ。

周囲の壁にはいくつかのドアがある。あの奥にも、この部屋のような空間があるのだろうか。

　優雅なＢＧＭは流れているが、他の物音は一切しない。それだけでも気づまりなのに、室内に漂う甘い芳香が鼻について喉の奥に不快感が生まれる。

「どうしたの、キョロキョロして。こういう場所が珍しい？　そうでしょうね。お紅茶でも飲んで落ち着きなさい。落ち着かないと話もできないでしょう？」

　そんなつもりはないのだが、落ち着いていないように見えるのだろうか。

　喉の不快感が水分を求めているのがわかる。ティーカップを手に取り液体を喉にとおすと、不快感がやわらいだ。

「私が言いたいことはさっきあなたに言い当てられてしまったから、お返しに、あなたが私になにを聞きたいのか当ててあげましょうか」

　璃々亜が煙草の灰を落とし、指に挟んだまま手を頬にあてる。本体が茶色く細い煙草は見たことがない。もしかしたら葉巻なのだろうか。

「取引先に切られた？　それとも卸値のことでなにか言われた？　なんにしろ、取引先とのトラブルのことで聞きたいんじゃない？」

　仕掛けた本人じゃないとできない質問だ。私が仕掛けましたと言っているようなものではないか。

　ティーカップをテーブルに戻し、両手を膝に置いて璃々亜を見据える。深く息を吸って、声を発した。

「垣田花農場の社長さんに嘘の情報を吹きこんだり、竹中花園の社長さんにわたしとの取引はできなくなるような脅しをかけたのは……、あなたですね？」

「あら、ひどい。証拠もないのに、まるで私が悪者のような言いかた。弁護士に連絡をしようかしら」

「あなたは昔から、わたしに直接嫌がらせができなくなると、わたしに関係した人たちに手を出した。結果的にわたしが苦しむ方法で、周囲まで巻きこんで苦しめた」

湊士の婚約者候補に選ばれ、璃々亜の嫌がらせははじまった。他の婚約者候補の令嬢たちを率いて、お茶会で生まれや経歴を蔑み無視をしたかと思えば、日々の通学路で待ち伏せ、黙って侮蔑の目を向けてくる。

つらかったが、湊士には言えなかった。いくら婚約者候補になったとはいえ、生家が仕えている家の御曹司に愚痴などこぼせるものか。

幸い、お茶会での態度が目にあまったらしく湊士が他の令嬢たちに厳重注意をしてくれた。

おかげで待ち伏せなどはなくなり、婚約者候補のお茶会も湊士がついていてくれることで事なきを得ていたのだ。

平和になったと……思っていた。

「中学のときに、一番仲がよかった女の子の家は定食屋さんでした。順調だったのに、食中毒の噂を流され店は衰退し廃業した。一家はそこにいられなくなり、祖父の実家がある田舎に引っ越しました。わたしは毎日、泣いて苦しむ友だちを、慰めることしかできなかった」

彼女は小学生のときからの友だちだった。菜々花の名前に〝花〟がつくように、彼女の名前にも〝花〟がついた。そのまま「はな」と読み、大好きな祖父がつけてくれた名前だと誇らしげだったのを覚えている。

食中毒の噂が立ち、客が減るならまだしも、店に石を投げこまれたり、嫌がらせ電話がきたり、〝さっさとやめろ〟と張り紙をされたり。

学校でもバイ菌だらけの家に住んでいると悪口を言われ、差別を受けた。

親身になってくれる先生に事情を話し、なんとか友だちを守ろうとしたが、結局、一家は引っ越してしまったのだ。

「無力な自分がつらくて、友だちひとり守ってあげられない自分があまりにも小さく感じて、わたしも毎日泣いていたのを覚えています。とても、つらかった」

菜々花の話を、璃々亜は狡猾な笑みを浮かべ聞いている。煙草を灰皿に押しつぶし、二本目をケースから出した。

「わたしが湊士さんと同じ系列の学校を受験すると決めて、それを一番応援してくれていた先生がいます。太鼓判を捺してくれた。絶対に大丈夫だって。生徒にも保護者にも人気があって、非の打ち所がないくらいいい先生だったのに……。なぜか、教員免許を剝奪されそうになったことがあるんです。事件もなにも起こしていないのに。それと同時期に、わたしの父の仕事が上手くいかなくなりました」

一度話を切り、紅茶で喉を潤す。室内は快適で湿度も適正だとは思うのだが、この甘い香りのせいで喉の不快感が取れない。

いやな思い出を口にしているせいだろうか。鼓動が速くて胸が苦しい。

「いつも父の仕事を喜んでくれていたはずのお宅が、契約を切ると言ってきた。それも一気に何件も。その中に、わたしと弟を自分の孫のようにかわいがってくれていた老夫婦がいて、『どうしてもう会えないの』と聞いた弟に老夫婦は小声で言いました。『ごめんね、宝来のお嬢さんには逆らえないんだよ』と。六歳の弟に、意味なんかわからないと思ったのでしょう」

煙草を咥えたまま、璃々亜がチッと舌を鳴らす。

「弟にはわからない。けれど、わたしにはわかりました。同時に、父の仕事が上手くいかなくなったのも、献身的な先生が窮地に立たされているのも、大好きな友だちがひどい目にあったのも、……元凶は、すべて同じなんじゃないかって。これはすべて、わたしに対する嫌がらせなんじゃないか」

紅茶に手を伸ばす。喉がつらい。息苦しいせいか視界がチカチカしてきた。

「今回も……昔と同じことをしてる……。垣田さんと竹中さんの件だけで、わたしも会社も、大ダメージだから……」

「妄想で言いがかりをつけないで。……と言いたいところだけど、もう少しであなたを贔屓している教師もあなたの家も潰せると思って楽しみにしていたのに、計画を途中で潰されて悲しかったのは私も同じなの」

息を呑み、目を大きく見開く。本人の口から真実を聞けた驚きと、やはりそうだったという怒涛の思いが一気に襲ってきて、手が震える。

「あなたが悪いのよ。身の程もわきまえないで婚約者候補になんかなるから。花京院のおじいさまに言われて断れなかったというのはわかるけれど、それならそれで、さっさと辞退すべきだったのではない？　あなた、自分をなんだと思っているの？　厚かましい」

「……だからって、なぜ関係のない人まで巻きこむ必要があったんですか……。嫌がらせをしたかったのは私に対してだったのに……」

「湊士さんは、あなたに対しての嫌がらせを禁じた。だから、あなたに対してはやめたの。結果、あなたはずいぶんと苦しんだようだけど、〝あなたに直接〟なにかしたわけではないでしょう？」

ぶわっと、腹の底から怒りが湧き上がった。

「あなたは……！」

カップを持ったままだったが勢いよく立ち上がろうとした。……したのに。

立ち上がれなかった。中腰になったところで、腹から湧き上がったはずの怒りが一気に凍りつき指先の感覚がなくなる。手から落ちたティーカップとソーサーが、毛足の長い絨毯の上で跳ねた。

全身が冷たくなって、冷や汗がこめかみを伝う。喉の不快感のせいでゼイゼイと口から吐き出される息だけが熱く感じる。

視界がぼやける。どうしたのだろう。

「苦しい？　馬鹿ねぇ、だからこれを勧めてあげたのに。吸っておけば、いい気分のままでいられたのに」

ぼやけた視界の中で、璃々亜が指に挟んだ煙草を見せつける。

「この部屋にはね、人間の意識を混沌とさせるかおりが充満しているの。それを中和してくれるのが、この吸い薬。あなたが悪いのよ。人の厚意を無にするから」

「……そんなの……知らな……い」

声が出なくなってきた。力が抜けてソファに崩れた身体が、また流れるように絨毯の上に落ちる。

「あなた本当に馬鹿よね。頑固者とでもいうのかしら。昔そんなにイヤな思いをしているなら、今回また同じことが起こっているのかもしれないとわかった時点で諦めるものじゃない？　心が折れるでしょう？　どうして『言うとおりにしますから許してください』が言えないの？　許しを請うて素直に離婚すれば、今まであなたが働いた無礼は水に流してあげるのに」

　なぜ菜々花が許しを請う必要がある。そんなのは理不尽だ。声を出そうと口は開くのに、喉が痛くて声が出ない。

「だから、離婚しなくちゃいけない立場になればいいのよね。面倒だけど、私がなんとかしてあげるわ。あーあ、まさかあなたの尻拭いをする日がくるなんてねぇ。……湊士さんが……まさか本当にあんな約束を守れるなんて、思ってなかったもの……」

　忌々しげに呟く声が耳の上を滑り落ちていく。

　瞼の重さに負けて目を閉じると、菜々花はそのまま深い暗闇に引きこまれていった。


——最初に意識できたのは、柔らかい場所に寝かされているということだった。

　瞼が重い。喉になにかがつかえている感覚があって、押し出すような咳を数回すると喉がとおった。

「あら？　もう目が覚めたの？　早かったわね」

聞こえたのは璃々亜の声だ。しかしどこか気だるい、かすれた吐息が混じった声だった……。

まさかという予感が走る。湧き上がったのは恐怖でも悪寒でもなく、羞恥心だ。

「まだあなたの番じゃないから、もう少し待って……あぁあん！」

羞恥がぶわっとふくらみ、反動で瞼が開く。その視界にとんでもないものが飛びこんできた。

大きなベッドの上で絡み合う裸体。ひとりの女性に、三人の男性。——女性は、璃々亜だ。

野犬が獲物を貪り食うような息遣いが室内に満ちている。照明が煌々と室内を照らしているせいで、くんずほぐれつといった四人の動きが鮮明に視界に入ってきた。

「な、なにやって……」

驚きで身体が飛び上がり、上半身が起きる。大きなソファに寝かされていたのだということはわかったが、先ほどとは違う部屋だ。

部屋に充満していた甘い香りのせいなのか、それとも紅茶になにか入っていたのかはわからないが、菜々花はしばらく気を失っていたらしい。

先ほどの部屋には壁にいくつもの扉があった。そのうちのひとつだとすれば、もしやすべての部屋がこんな行為のために使われているのでは……。

「ひぃっぃン、イイわぁ！　もっと、あぁぁ、もっとぉぉっ！」

上品ぶっていた仮面はどこかに忘れてきたらしく、璃々亜は男の腰に脚を絡みつけ、蛇のように身体をくねらせている。

これのどこが素敵なサロンなのだろう。セレブだけが利用できる会員制で、おかしなおりで人の意識を奪い、璃々亜が吸っていた煙草だって普通の煙草ではないのだろう。

扉の中すべてでこんな行為が行われているのなら、ここはとんでもない場所ではないのか。

「宝来さん……あなた、どうしてこんなこと……。その人たちはなんですか……！　だって、あなたは……！」

湊士を想っているのではないのか。諦めきれないから、今まで粘って、子どもを儲けるための恋人役まで引き受けて、あまつさえ妻の座を狙って菜々花を脅しにかかったのではなかったか。

それなのに、なぜこんな場所で淫らな行為に没頭しているのか。

「それとこれとは別。なにがわるいのぉ？　こーんなにいい気分になれるのに、んんうぅう～あはぁあん、さいこぉ」

どう考えてもこの状況はまずい。あなたの番じゃないとか言っていたということは、璃々亜は菜々花を、このサロンで喰い物にする気だ。

逃げなくては。身体は動きそうだし頭も働いている。眠っていたおかげか、甘いかおりで酔ったような気持ち悪さも抜けていた。

あの四人は行為に没頭しているし、今なら逃げられる。

(そうだ、美衣子ちゃんに……)

伝言を残してきたことを思いだした。仕事が終わる時間までに菜々花がなんの連絡も入れなかったら、湊士に連絡するよう社長に頼んでくれと託してきたのだ。

感覚的にかなり眠っていたような気がする。終業時間を過ぎていればすでに湊士に連絡がいっているだろう。

よからぬ予感を美衣子は察してくれていた。昨日のことは源から報告を受けているだろうし、連絡からなにか起こっていると感じ取ってくれれば、すぐに菜々花の足取りを追ってくれる。

(追って……くれるだろうか……)

スンッと……いきなり思考の熱が冷めた。

菜々花がトラブルに巻きこまれている。それを悟った湊士は、本当に足取りを追ってくれるだろうか。

いい気になって勝手な行動をして手間をかけさせるなと、捨て置かれるだけではないだろうか。

なんといっても菜々花は、本当は嫌われているのだから……。

「なあにぼんやりしてんのー？　退屈？」

いきなり身体を押され、ソファに押し倒された。ハッと目を見開くと、全裸の男のにやけ顔が目に入る。

「ねぇ、勝手にそっちに行かないでよ」

「いいだろう、この子暇そうだし」

文句を言った璃々亜に笑いながら言い返した男は、菜々花と同じくらいの歳だろうか。褐色の肌にピアスやネックレスが目立つ、菜々花の周囲にはいないタイプだ。

「放してください！　どいて！」

思いきり胸を押し、素早くソファから下りようとするが腕を摑まれ引き戻された。

「あー、そういえばあんた、吸ってないんだっけ？　だめだめだめだめっ、それじゃ楽しくないからさぁ」

菜々花を片腕で抱き寄せローテーブルに手を伸ばすと、小さな木箱を引き寄せた。

あの小箱は見覚えがある。最初にいた大きな部屋で璃々亜が吸っていた煙草が入っている箱だ。

煙草は吸わないと言った菜々花に、「煙草……ねえ」とくすくす笑っていた。

あれは普通の煙草ではないのだろう。無理にでも吸わされたら、本当にここから出られなくなる。

「放してっ……！　わたし、帰りますからっ！」

「だめー、かえさないっと、おい、暴れるなよ……」

離れようと菜々花が暴れるので、男は上手く煙草を取れないようだ。ローテーブルを見ると小さな置き時計があり、暴れたついでに視界に入った。

（え……？）

信じがたいものが目に入る。時間だ。

十六時三十分。菜々花が意識を失って目を覚ますまで、三十分程度しか経っていない。

（嘘……これじゃあ、まだ連絡がいってない）

フローラデザイン企画の終業時間は十七時だ。まだ三十分前なので、当然湊士に連絡はいっていない。

呆れて捨て置かれるかもしれないけれど、危険を察してなどくれないかもしれないけれど、それでも、心のどこかで期待していた。

妻だし新婚だし、そんな理由で湊士は菜々花をそれらしく扱い気を使って大切にしてくれている。昨日だって、もしもの状況を考えて源を向かわせてくれた。

連絡が入っていれば、湊士が助けてくれると……。

「おとなしくしてエライエライ。考え直した？　そうだよ、気持ちよくなったほうがぜーったい楽しいし。そうだろう？」

時間を知って戸惑うあまり、抵抗がゆるんでしまっていた。男は細い煙が立ち上る煙草を菜々花の口に咥えさせようとする。

「ほら、吸って、おもいっきり」

「い、や、ですっ、やめてくださ……」

顔を背け、力いっぱい身体を離そうと力を入れる。おかしな煙草を近づけられるのもいやだが、裸の男がくっついているのはもっといやだ。

裸の男に密着されるのは湊士だけで十分だ。湊士以外お断りである。

たとえ嫌われていようと、これから放置生活がはじまるのだとしても、もしかして、跡取り候補をひとり産んだあとは一生湊士に抱かれることがなくなるかもしれなくても。

——初恋の人以外に、男の存在なんていらない。

「やだやだやだやだ！　はなしてっ！　湊士さん以外の男に、さわられたくない！　さわるなァ!!」

半ば自棄になって叫び、がむしゃらに身体をひねって暴れる。腕の拘束がゆるくなったのを感じて両腕で身体を押した。

「はなせぇっ!!」

「うわぁっ！」

男が吹き飛ぶように離れていく。そんなにすごい力で押しただろうかと、菜々花のほうがびっくりしてしまった。

すると、ソファの肘掛けから落ちかける男の腕を掴み上げている人物がいる。

――湊士だ。

「どう……して」

菜々花が男を突き飛ばしたタイミングで彼が引きはがしてくれたのだろう。それだからあんなに勢いがついたのだ。

しかしなぜ彼がこんな場所にいるのだろう。……まさか、彼もこのサロンに遊びにきていたなんてことは……。

(あ　る　わ　け　が　な　い！)

菜々花の全細胞が完全否定をする。

驚きをかくせないまま湊士を見ていると、彼は菜々花に微笑みかけてから掴み上げている男に冷ややかな視線を注いだ。

「私の妻は、いやだ、と言っていたのだが？　聞こえなかったのか？」

「痛いだろう！　放せよ！　なんだよあんた！　放せオッサン！」

「オッサンとはなんだ！　この無礼者!!」

とっさに声をあげてしまったのは菜々花である。確かにこの男よりは年上かもしれないが、天下の花京院湊士殿を「オッサン」呼ばわりとは、万死に値する。
菜々花の言動に一瞬笑顔を見せた湊士だったが、すぐに真顔に戻りベッドに顔を向けた。
そこでは突然の騒ぎに驚いた三人が絡まった状態のまま固まっている。男の上に跨った
ままこぼれ落ちそうなほど目を大きくしている璃々亜は、興奮しているはずなのに真っ青
だ。
「間もなく警察が踏みこんでくる。私の妻に対する拉致監禁容疑だけのはずだったが、思
ったより大変な事態のようだ。……璃々亜嬢」
呼びかけられ、璃々亜は目に見えて大きく飛び跳ねる。男たちが湊士を知っているかは
謎だが、璃々亜の硬直具合でとんでもなくまずいことが起こっているというのはわかるよ
うだ。
「言い逃れもなにもできないのはわかりますね。もうお会いすることもないでしょう。あ
とは警察で弁護士でもなんでも呼ぶといい。私の妻に対する非礼は、しっかりとカタをつ
けさせてもらうので、そのつもりで」
腕を摑み上げていた男から手を離す。かろうじて肘掛けにのっていた身体が滑り、その
まま床に伸びてしまった。
「……ってぇ……このっ」
ベッドで固まっているふたりに反して、こちらは血気盛んである。打ちつけたひたいを

押さえつつ身体を起こそうとするが、腰に両手をあてた湊士が見下すように男を睨みつけた。

「君には、妻に対する暴行も付け加えておこうか。どちらにしろ、警察で絞られてくるといい。逃げようとしても無駄だ。今ここは、私の家の者で各部屋、そして出入り口を固めている。特に会員確認用の出入り口で見張っているオッサンは、怖いぞ」

言いながら菜々花に近づき、かがんで顔を近づける。

「お待たせ」

「湊士さ……」

お礼を言おうと思った矢先に抱き上げられた。突然のお姫様抱っこにうろたえる菜々花を見て微笑んでから、湊士はすぐにドアへと足を進める。

気になってベッドに顔を向けると、がっくりと肩を落とし項垂れている璃々亜が見えた。

湊士の跡取りを産む役目は、今回の件でお流れになるのだろう。これで本当に、もう二度と彼女に会うことはなくなったのかもしれない。

心の裡で、ずっと菜々花を押さえつけていた力が消えていく気がした。自分は湊士に不釣り合いな人間なのだと、否応なしに思いこまされてきた圧力。

そのせいかとても心が軽かった。抱き上げてくれている湊士の腕も支えてくれている胸も彼の香りも心地よくて、幸せな気持ちになる。

「湊士さん、……ありがとうございます、きてくれて」

嬉しそうな声で菜々花が礼を言うと、湊士の腕に力が入り、より密着した。

「礼など必要ない。大切な妻を守りにきただけだ。……けれど、無事でよかった」

「はい……」

湊士のスーツの胸を両手で握る。強く抱きついてしまいたいが、ひとまずお預けだ。

部屋から出ると、菜々花が最初に入った高級ホテルのエントランスのように大きな部屋がある。おかしな甘い香りはしなくなっていて、各扉の前には花京院家の従者やボディガードたちが立っていた。

ホールの出入り口に立っていたのは源だ。湊士が「会員確認用の出入り口で見張っているオッサンは、怖いぞ」と言っていたのを思いだし、ついプッと噴き出してしまった。

「どうした？　なにか面白いものが見えたか？」

「すみません……、湊士さんが、さっきの部屋で男の人に『出入り口で見張っているオッサンは怖いぞ』なんて言っていたのを思いだして。誰かなと思ったら源さんで……」

「嘘はついていない。源は怖い。従者の中で俺を叱れる唯一の男だ」

「そうなんですね。やっぱり、小さいころからのお世話役だからですか？」

「それもあるのだが、源が世話役になったのは俺が四歳のときで、ちやほやされて育ってきたわずか四歳のお坊ちゃまに、反抗期真っ盛りの中学二年生で反社の鉄砲玉みたいに目

つきが怖い少年があてがわれたんだから、初めて見たときの恐怖感たるや。軽くトラウマだったな」

申し訳ないが笑ってしまった。確かに源が厳しい顔をしているときの目つきは怖いので、少年時代はあれが前面に出ていたのだと想像できる。

「でも、源さん、笑った顔は優しいですよ」

「ああ、実際、昔から表情は怖くても礼儀正しくて頭が回る優秀な男だ。源の父親が、俺の父の世話役だった。優秀な人物で、その流れで選ばれたんだ」

菜々花と同じ、花京院家に仕えてきたＤＮＡを持っているらしい。長く湊士のそばについているのも納得である。

出入り口に近づくと、源が頭を下げた。

「ご無事でなによりでございます、若奥様」

「ありがとうございます。湊士さんの姿が見えたときは本当にホッとしました」

「それはよかったです。若奥様のお姿を見て、湊士様も安堵されたのでしょう、清々しいお顔をされている。若奥様が戻ってこないと会社から連絡があり、拉致されたとお察しになったときの、動揺のあまり冷静さを失い、今にも標的一帯を焼き払ってしまわれそうな鬼気迫る地獄の閻魔大王のようなお顔ではなくなり……」

「源っ」

にこやかに話す源のセリフを、湊士は大きめの声で遮る。喉を鳴らすように咳払いをすると、ちらりと菜々花を見た。

「とにかく、安心したのだから、清々しい顔にもなる」

彼にとっては少々恥ずかしい話だったようだ。動揺のあまり冷静さを失った湊士なんて想像はできないが、菜々花のためにそんな気持ちになってくれたのは嬉しい。

それに、そのことをつつかれて慌てる湊士は……ちょっとかわいいと思えてしまった。

（あれ？　源さん、さっき、会社から連絡があって、って言った？）

新たな疑問が浮かぶ。美衣子が動いてくれる時間になってはいなかったはずだ。それだから菜々花は絶望しかかった。

もしかしたら、あの部屋の置き時計の時間が間違っていたのかもしれない。そろりと自分の腕時計に目を走らせる。やはりまだ十七時前だ。会社の終業時間ではない。

（どうして美衣子ちゃん、早めに社長にお願いしたんだろう）

「病院のほうには連絡済みです。早く若奥様をお連れになってください。弁護士も警察も到着したようです。あとは私が」

外から連絡が入ったらしく、源がスマホ片手に湊士に告げる。にっこりと笑顔を作ってから菜々花に話しかけた。

「私の笑った顔が優しいとおっしゃってくださり、ありがとうございます。若奥様」

「え？　あ、いいえ、そんな」

先ほどの湊士との会話内容、そんなに大きな声で話していたわけではないのだが聞こえていたようだ。

……と、いうことは。

「それで湊士様、誰が〝反社の鉄砲玉〟なんですか？」

「昔の話だっ」

源は耳がいいようだ。

菜々花を抱きかかえたまま湊士がエレベーターへ向かうと、ボディガードがひとり走ってきて呼び出しボタンを押す。開いた扉の中が無人基であると確認し、ふたりが乗りこむと扉を閉めた。

「これから病院へ行く。ひとまず検査をしなければ。入院になるだろうから、今夜は帰れないな」

「そんな、大丈夫ですよ。もう意識もはっきりしているし、多分下ろしてもらえれば歩けます。入院だなんて大げさな」

「大げさではない。会社を出たのは十五時ごろだと聞いた。俺のもとに宮崎氏から連絡がきたのが十六時、発見して踏みこむまで三十分、少なくとも菜々花は一時間以上あの穢れた空気の中にいたのだ。踏みこんだときの悪臭たるや、すぐに強力換気をしたくらいだ。

しっかり検査をしてもらおう、いいな」

「は、はい……」

（十六時？　……あっ！）

湊士の話を聞きながら、わかったことがある。湊士に連絡がいった十六時という時間で、自分が言った言葉を思いだしたのだ。

『仕事が終わる時間になってもわたしが連絡をしなかったら、社長に言って、わたしの……夫に連絡してもらって』

仕事が終わる時間。

繁忙期や受注が集中したとき以外、派遣である美衣子の〝仕事が終わる時間〟は十六時だ。

美衣子は、自分の仕事が終わる時間になっても菜々花から連絡がないから、宮崎に伝えたのだろう。

（グッジョブだよ!!　美衣子ちゃんっ!!）

これはぜひとも、宮崎に美衣子の正社員登録を打診したいところである。

エレベーターを降りると、警察関係者が次々と階段から地下へ向かっていくのが見えた。

スーツ姿の男性が五人ほど湊士の前で立ち止まり深く頭を下げる。

「若奥様がご無事でなによりです。あとは我々にお任せください」

「頼みます」

ひと言告げて、湊士は目の前に停まっている車に乗りこんだ。

「さあ、病院へ行くぞ」

「……この車で……ですか？」

パッと見ただけだが、大きな車だった。やっと下ろしてもらえたのは大きなソファシート、そこに寝かされ、なんと湊士が添い寝をするように横たわる。

「疲れただろう？　少し寝ていてもいい」

「だっ、大丈夫ですっ。っていうか、救急車じゃないんですかっ？」

「うちのリムジンだが？」

どこの世界に、病院へ行くための救急車代わりにリムジンを使う人間がいるのか。

……ここにいた。

この界隈では普通なのかもしれない。

「寝心地がよくてシートが広いタイプを待機させたのだが。シートは革張りじゃないほうがよかったか？」

そういうレベルの話ではない……。

菜々花の希望に合わなかったのかと、湊士が少々困っているように見える。その顔がちょっとかわいい……。

ので、素直に受け入れることにした。

「いいです。寝心地がいいことを考えてくれて嬉しいです。おまけに、シートが広いから……湊士さんに添い寝してもらえるし」

菜々花の言葉が嬉しかったのか、きゅっと優しく抱きしめられた。こうしていたわってくれる彼が、愛しくてたまらない。

（きっと……これも今だけ……）

沈みそうになる気持ちを振り払い、湊士に話しかける。

「そういえば、さっきの男の人たち、湊士さんにご挨拶をした男の方。どなたですか？」

「あれは花京院家の専属弁護士たちだ。菜々花があの場に拉致監禁、暴行未遂を受けた件で動いてくれる。警察への対応も任せておけばいい。少し事情は聞かれるかもしれないが、あのフロアには不必要なほど監視カメラがあるようだし、なにが起こっていたかは話さなくてもわかってもらえる」

「サロンって呼ばれていましたけど……あそこは……」

「どっかの金持ちが道楽で作ったのか、暇な奴らが違法ドラッグをやり取りしているうちに自然と出来上がったのか……。どちらにしろまともなものじゃない。場所も会員も、取り締まられて終わりだ。……逃げおおせるやつも、いるだろうけど」

「……璃々亜さんは……」

彼女はどうなるのだろう。仮にも巨大フィナンシャルグループの一族なのだから、今回の件についてかかわりを揉み消されてしまうという可能性も、あるのかもしれない。

「言い逃れできるか微妙なところだ。サロン摘発は界隈で噂になるだろうし、会員で璃々亜を知っている者も多いだろう。違法な闇サロンで違法ドラッグに親しみ、おまけに彼女が相手にしていたのは未成年だ」

「えっ？　どうしてわかるんですか？」

「菜々花を助けた部屋、床に高校の制服が散らばっていた。三着」

三人とも高校生だったということか。菜々花に手を出そうとしたのも高校生男子だったのだとすると、最近の高校生はずいぶんと大人びているものだ。てっきり同い年くらいかと思った。

(夏彦……あんなに大人っぽくないな……)

大人っぽくないことに、なんとなくホッとしてしまう姉心である。

「それもその制服が、俺や宝来璃々亜が通っていた高校のものだ。俺が言うのもなんだが、苦労知らずの坊ちゃんたちはなにを考えているんだか……。つくづく、菜々花があの高校に入らなくてよかったと思う」

笑いかけていた菜々花だったが、笑顔は影をひそめる。湊士の期待に応えられなかった日を、改めて思いだした。

あの日を思いだすと、自分が湊士に嫌われているのだという事実が胸に刺さる。

「すみません、そんなふうに気を使ってもらって。……わたし、湊士さんの期待に応えられなくて、受験、失敗しちゃったから……」

「あれは仕方がないんだ。学力はまったく問題なかったのだが、家柄と寄付金の金額予想で落とされてしまったものらしいから」

「はぃ？」

「これだからセレブ校は、なんて言うと元も子もないが。学力と同じくらい家柄が重視される。菜々花の場合は花京院家の関係者ということで俺の推薦があったので間違いないはずだったんだが、理事会に宝来の息がかかった者がいて、宝来璃々亜に頼まれたのだろう、寄付金の問題をつついてきたらしい」

私立のセレブ校ともなれば、学校への寄付金は各家庭莫大なものなのだろう。

ただ菜々花が学校案内のパンフレットを確認したときには、寄付金などは各ご家庭のお気持ちでお願いできると幸いです、という柔らかい表現でまとめられていたので、あまり気にしていなかったのである。

(寄付金か……。確かに何百万も寄付しなくちゃならないってわかっていたら、湊士さんと同じ系列の高校に行きたいなんて思わなかったな)

「寄付金問題のせいだというのは後に判明した。菜々花に教えたい気持ちはあったのだが、宝来璃々亜とした約束があって、菜々花や家族の身を守るためにも接触することができなかった。受験のこと、気にしていたんだな。早くに伝えられなくてすまない」

湊士の期待に応えられなかったから嫌われたのだと、ずっと思っていた。

それなら、菜々花が思うほど彼に嫌われていたわけではなかったのだろうか。

「ずっと……湊士さんに嫌われていると思っていました……」

「俺が？　そんなことあるわけがないだろう。ああ、でも、事情があってずっと連絡できなかったし、かかわることもできずにいたから……、そう思うのは仕方がないのか」

湊士に嫌われていなかった。

なにがあったのかはわからないが、菜々花や家族のために、接触することを控えていただけなのだ。

(嬉しい……)

嗚咽がこみ上げてくる。嬉しくて泣いてしまいそう。

「菜々花……」

呼びかけられ顔を上げる。湊士の照れくさそうな表情が目に入って、胸の奥が爆発してしまいそうなほどときめいた。

「菜々花は、俺の初恋なんだ」

嬉しい告白とともに、唇が重なった。

軽く重ねたまま見つめ合い、菜々花が唇を動かす。

「……わたしの初恋も、湊士さんですよ」

夢のような告白がいつまでも耳に残る。胸が熱くて、嬉し涙が流れた。


その後、菜々花は三日ほど病院にいた。

本人はいたって元気だったのだが、湊士が過剰なほど心配したからだ。

しかしそのあいだ、いろいろなことを知った。

大きかったのは、湊士と璃々亜がした約束の話である。

嫌がらせをやめさせるために湊士が動いてくれていた。

しかしそれは、三十歳になるまで菜々花にかかわらないという、菜々花にとっても湊士にとってもつらいものだったのだ。

そんな約束をしたのだから、璃々亜が菜々花の合格を阻もうとするのは当然のこと。

ちなみに、合格発表の日に睨みつけられたと思いこんでいたのは、菜々花を嘲笑していた令嬢たちに向けられたものらしい。

令嬢たちが背後にいたので、自分が睨まれたのだと菜々花は信じてしまったのだ。

十一年間、菜々花は湊士に嫌われていると思いこみ、湊士は菜々花に嫌われているなんて思いもせず彼女をを想い続け、時が経つのを待った。

ふたりそろってとんでもない誤解をしていたものだと病室で笑い声をあげてしまい……声が大きいと源に怒られた。

誤解といえば、璃々亜が跡取り候補を産む役目に選ばれたというのも誤解だった。籍を入れるときに言い渡された、外に作る恋人を容認するという話はなかったことになっていた。

これについては湊士が動き、祖父に直談判したらしい。菜々花とのあいだに複数人子どもを儲ければいいことだと説得し、両親も納得したとのこと。

祖父は璃々亜がご機嫌取りに訪問した際、跡取り候補を外に作る計画があったと笑い話にしたらしい。

そこにのっからない璃々亜ではない。彼女は「では私が引き受けます」と自己決定し、菜々花を煽りはじめただけなのである。

誤解だらけの話をふたりで話し合い、片づけ、たくさん笑い合い、……源に怒られて……。

――土曜日の午後、清々しい気持ちでふたりの新居に帰ってきた。

「ただいまー、あーっ、久しぶりのソファ」

リビングのソファに正座をした菜々花は、背もたれに抱きつき頬ずりをする。ソファだけが愛しいのではないのだが、湊士と過ごすこの空間の一部だと思うと愛着が湧くのだ。

「なんだ？　抱きつくなら俺に抱きつけ」

湊士が隣に腰を下ろす。腰を抱かれ、菜々花も抱きつきながら唇を合わせた。

すぐに離れるつもりだったのに、後頭部を押さえられ湊士が唇を離してくれない。そのうち舌が絡まり、身体が火照ってきた。

このままではいやらしい気分になってしまう。腰を抱く湊士の手つきもいやらしいので、彼もそんな気分になりかかっているのはわかるのだが、帰ってきて早々というのもどうだろう。

「そ、そうじしゃん……あのっ」

舌を絡めていた途中で無理やり離したので、呂律が回らなかったうえに唾液が糸を引き、これだけでいやらしい感じになってしまった。

「なんだ？　四日もお預けくらって、もう菜々花に擦りついただけでガッチガチなんだが」

「なにがですかっ」

エッチになると言動がはっちゃけるのは変わらない。

菜々花が少し拗ねた顔をすると、湊士は軽く笑ってスーツの上着のポケットからスマホを取り出した。

「そんなに困るな。俺だって、いきなり押し倒そうとか思っていないよ」

「本当ですか？」

「うん、用事が済んだらひん剝こうとは思っている」

「湊士さんっ」

いやではない。菜々花だって、久々に湊士を感じたい。けれどなんとなくムキになってみる。

ハハハと笑ってから、湊士はおだやかな声を出した。

「宮崎氏から連絡があっただろう？　垣田花農場と竹中花園の件だ」

「きてますよ。垣田さんは考え直してくれたし、竹中さんは取引銀行を変えたから、取引再開したいって申し出てくれたって」

そんな連絡がきたのは、昨日のことだ。

璃々亜に煽られたものの、落ち着いてみればやはりこんな吹っかけかたはおかしいと、垣田は考え直したらしい。

そんなときに、宮崎が再度冷静に事情を説明したのだ。たとえ社員に資産家がいたとしても、援助など受ける予定はないし受ける気もないと。

竹中はいたってシンプルだった。取引銀行を変えたから取引を継続したいという。

大きな問題が片づいたことで社内は大いに盛り上がり、菜々花が復帰する週明けには宮崎の奢りで焼き肉に行くこととなったらしい。

「でも……少しだけ腑に落ちなかったのが竹中さんなんですよ。竹中さん、ちょっと気質がわたしと似ているからわかるんですけど、ずっとつきあいがあった銀行を簡単に切るかなって。つきあいが長ければ長いほど、そこを信頼しているって証拠だと思うんです。それを……一日や二日で考え直して乗り換えてしまうなんて……」

それだけが引っかかっていた。それとももともと銀行側に不満でもあったのだろうか。

「それに関しては、取引再開の立役者がいる。ちょっとその人と話してもらいたい」

「わたしがですか？　って、どうして湊士さんがそんなこと……」

「宝来璃々亜がよからぬ手を回したのを知って、少し調べた。竹中花園には菜々花が知っている人がいたんだ。その人と直接話したら、社長を説得して動いてくれたんだよ」

「知っている人？」

湊士がスマホを耳にあてる。

「こんにちは、花京院です。……ええ、先日お話ししました件で。今代わります」

スマホを差し出され、誰が相手なのかもわからず受け取る。そろりと耳にあて、慎重に声を発した。

「お世話になっております。フローラデザイン企画の遠藤です。従業員の方ですか？」

当てずっぽうで聞いてみる。クスッと笑う女性の声が聞こえ……。

『菜々花ちゃん？』

　とても親しげに名前を呼ばれた。

『菜々花ちゃん、お久しぶり。わかる？　わたし』

　この声は知っている。けれど間違いかもしれない。――間違いでもいい。もし本人なら、こんなに嬉しいことはない。

　そんな気持ちで、名前を口にした。

「……花《はな》ちゃん？」

『そうだよ、菜々花ちゃん』

「花ちゃん！」

　一気に気持ちが昂った。もう二度と会えない、話もできない。そう思っていたから、言葉が震えるほど嬉しい。

　中学校で一番仲がよかった友だち。璃々亜の嫌がらせのせいで、定食屋をたたみ、一家そろって引っ越さなくてはならなくなった。

「花ちゃんが……どうしてそこに……？　竹中さんのところで働いてるの？」

『うん、孫だから、家族みんなでお花育ててるんだよ』

「まご？　……孫!?　じゃあ、花ちゃんが引っ越したおじいちゃんの田舎って……」

『うん、竹中花園。フラワーコーディネーターの遠藤菜々花さんには、いつもお世話になってます』

いきなり営業口調になったのがおかしくて、菜々花は「こちらこそ」と言いながら笑ってしまった。

「それじゃあもしかして、今回の立役者って花ちゃんなの？　銀行を変えて、わたしとの取引を続けるように説得してくれたの？」

竹中氏が孫には弱い人物なら、すぐに銀行を変えて取引継続を申し出てくれた理由がわかる。

『おじいちゃんを説得したのはわたしだけど、提案してくれたのは、菜々花ちゃんの旦那さんだよ』

花の話を聞きながら湊士を見る。彼は黙って微笑みをくれていた。

『遠藤菜々花との取引を続けてくれって。今までよりずっと条件のいい銀行を紹介してくれた。古い設備を新しくするための融資も約束してもらえて、わたし、おじいちゃんの説得頑張っちゃった。おじいちゃん頑固者でね、設備ひとつ新しくするのもひと苦労。融資のプランもすごくいいものでね、竹中花園、一新するよ！　おじいちゃんに、金を返せる利益が出なかったらどうするんだ、なんて言われたけど、大丈夫』

嬉しそうに話していた声が、コホンと小さな咳払いのあとに改まる。

『菜々花ちゃんのフラワーカフェにお花を卸すことになりました。おじいちゃんにそう言ったら、じゃあ大丈夫か、って言われたよ。あのおじいちゃんに絶大な信用があってすごいよ。よろしくね、菜々花ちゃん』

「なにそれ……責任重大じゃない」

知らないうちにとても話が進んでいる。フラワーカフェのほうにも竹中花園にお願いできるなんて、夢のようだ。

『菜々花ちゃん、旦那さんにも、今回は助けてくれて本当にありがとう。……菜々花ちゃんには、昔から助けられてばかりで……。力になってもらって、本当にありがとうね』

「そんなことない。むしろ、わたしは花ちゃんに迷惑をかけてばかりで……！　中学のときだって、わたしはなにもできなくて……！」

『そんなことないよ。どうしてそんなこと言うの？　中学のときは、菜々花ちゃんがいたから、わたし、頑張れたんだよ』

罪悪感のあまり叫びかけた言葉は、花の静かな声に止められる。両手でスマホを持ち、その声に集中した。

『あのころ、わたしを助けてくれていたのは菜々花ちゃんだった。誰にも相手されなくていじめられて、家に帰っても両親は暗い顔をしているし、嫌がらせは続くし。つらくて泣きたくて死にたかった。でも、毎日話しかけて元気づけてくれて、わたしを生かしてくれたのは菜々花ちゃんだった。なにもできなかったなんて言わないで。菜々花ちゃんがいたから、今のわたしがいるんだ』

頬にあたたかいものが伝う。

助けられなかった友だち。彼女のためになにもできなかったと、それぱかりを悔いていた。

『菜々花ちゃんにお礼が言いたかった。ありがとうって。でも、なにも言えないまま、逃げるように引っ越しちゃったから。だから、遅くなったけど今言わせて。——菜々花ちゃん、ありがとう。昔も今も、これからもよろしくね』

「こちらこそよろしくね！　花ちゃん！」

喜びが湧き上がる。湊士に涙をぬぐわれながら笑い、懐かしい大好きな友だちとの会話は、しばらく続いたのである。


「まさか、こんなに待たされるとはね」

困ったように笑いながら、湊士が菜々花のバスタオルを引っ張る。合わせ目からほどけたタオルは、身体の線を沿うように床に落ちた。

「ごめんなさい、つい長話になったばかりに……」

「もういいよ」

申し訳なさげな菜々花の言葉にストップをかけ、湊士は鎖骨に唇をつける。首筋を舌で舐め上げると白い肌がぶるぶるっと震えた。

――結局、菜々花は花と二時間ほど話しこんでしまったのである。

ほぼ十二年ぶりだ。仕方がないといえば仕方がないが、文句も言わず菜々花の通話が終わるのをずっと待っていた湊士は、少々不憫である。

二時間も話しこむとは思ってもみなかったのだろう。病院から帰ってきて、四日ぶりに菜々花を感じられると実に積極的だった。

菜々花だって半分その気になっていたのだ。

湊士としては感動の再会をさせて、嬉々としたまま昂る菜々花を抱きたいと思ったのかもしれない。

しかし二時間も話すうちに話題は普通の女子トークに変わっており、嬉々として昂るという状態とは縁遠くなっていた。

特にフラワーカフェの件で盛り上がったらしい。

そこで、菜々花の希望で湊士が選んでくれていた店舗候補地を見に行くことにした。

回ってみて感じたのは、やはり実際に見て周囲の空気を感じてみなくてはわからないということ。湊士がセレクトしてくれた場所は、都心やにぎやかな街中にあっても、落ち着いた雰囲気や立ち寄りやすさを感じられる場所ばかりだ。

この中から選ぶのもありなのかもしれない。

見て回ったあとはディナー、そして、やっとホテルのスイートルームでふたりきりになったのである。

「でも、湊士さん……余裕がありますよね……んっ」

お互い一糸纏わぬ姿で大きなベッドの横に立ったまま、湊士は菜々花の裸体をまさぐる。

乳房の柔らかさを両手に感じながら、肩の線や腕の付け根、持ち上げられた胸のふくらみに舌を這わせる。

「余裕なんかないよ、いつも菜々花を抱きたくてバタバタしている」

「バタバタって……」

クスリと笑うと身体を返され、背筋に沿って唇が這っていく。ゾクゾクッと官能が騒ぎ、軽く背がしなった。

「でも、待たせても怒らないし、わたしが知らないこと、なんでも教えてくれるし、……あっ、難しいこともエッチなことも全部ですよ」

「社会的なことはともかく、己の実践知識がないことに関しては、やはり見聞に頼るしかない。セックスに関しては俺が戸惑えば菜々花も戸惑うだろうし、やはり初夜は一番慎重になった」

「そうですね、やっぱり初夜は……あっぁ」

ふと、なにかおかしいと感じるが、背中に唇を這わせながら胸に回った両手に胸の頂をつままれ、徐々に高められていく刺激に悦びが湧いてくる。

「あっ、や……きもちぃぃ……ンッん」

「菜々花の肌はいつ触れても気持ちいい。初めて触れたときに感動したのを覚えている。これこそ人生最大の甘露と思ったほどだ」

「すっごく大げさですよ。ハァ……あっ、湊士さんらしいなと言えば……そうですけど、あっ、ダメ、そんなに……」

「ん？　ここ、指でグリグリされるの好きだろう？」

乳首の根元をつまんだまま、くにくにと揉み立てる。これをされると、乳首が尖り勃ってきての快感を一気に引き出されているようで恥ずかしくなる。

感度がビリビリと上がってくる。たまらなくなって湊士の両手首を摑み、腰を引いた。

「あぁっ、ん、ダメェ……」

引いた腰が左右に揺れる。背後には湊士がいるので必然的に彼の股間に腰があたり、当然、熱り勃ったものを感じた。

「湊士さ……ん、おっきくなるの、早い……あっ、あっ、そこばっかり、いやぁぁ」

「菜々花にさわっているのに、勃たないわけがないだろう。さっきも言ったが、菜々花は俺の人生最大の甘露だ。だいたい、俺は昔から菜々花じゃないと勃たない」

すごい告白をされてしまった。しかし菜々花でなければ勃たないなんて、結婚した今だから言えることだ。

それでも、こんな言葉ひとつで菜々花は感動できてしまう。湊士もそれを知っているのだろう。

「もぅ……湊士さん、ズルいです……」

「どうして？　早く菜々花のナカを感じたくてそわそわしているのがバレた？」

「違いますよ、昔からとか、そうやって喜ばせようとしてっ……ひゃ、百戦錬磨の男のくせに。そういうテクニックがズルいです。……嬉しいけど」

文句を言いつつ受け入れる。湊士が一途な言葉をくれると、こういうセリフは言い慣れているのだとわかっていても嬉しいのだから仕方がない。

「菜々花、ちょっと確認なんだけど……」

両手をベッドにつかされる。この体勢をとるとお尻を差し出しているようで羞恥心が騒ぐ。それなのに尻肉を左右に開かれ、その谷間に湊士の舌が這う。

「あぁっ、そこ、舐めちゃダメェ……」

「菜々花、俺、菜々花が初恋だって言っただろう？」

「う、ん、嬉しかった……ァぁンッ」

「菜々花が処女だったこと、俺はすごく嬉しかった。菜々花の初恋が俺だと知って、菜々花が処女だったのは間違いなく俺を待っていてくれたんだと思っている」

湊士以外の男性に興味が持てなかったことを考えても、間違ってはいないかもしれない。

しかし本人に言われると照れくさいものだ。

「俺の初恋は菜々花だってわかったのに、なぜ同じだって思わないで百戦錬磨の男なんて言うんだ？」

「は……？」

快感を訴える声を出すのも忘れて、ずいぶんと不審な声が出てしまった。

――なぜ同じだって思わない。

（同じ……？）

とんでもない予想が頭をよぎるが、湊士の舌が秘裂に到達しビチャビチャと派手な音をさせながら蜜液をすすり出すと、その刺激に腰が小刻みに跳ねた。

「俺は、菜々花しか欲しくなかった。この手で、この唇で舌で、己自身で感じる女は菜々花だけだと決めていた。だから、菜々花以外の女など知らない」

「湊士さっ……あぁぁっ――！」

驚きすぎて快感が弾け飛ぶ。信じられない告白をされてしまった。もしかしてこれは夢ではないだろうか。

菜々花と同じで、――湊士も未経験だったということか。

（うそおおおおおおおおお！！！！）

信じられない。

信じられないが……嬉しい。

湊士のような立場の人が、菜々花を想って、菜々花だけを求めてくれていた。

呟いたら涙が浮かぶ。考えてみれば初夜の湊士は彼らしくないくらい余裕がなくて、まるでなにかを確認しながら進めているような雰囲気があった。

「……うれしい……」

驚きのあまり達してしまったせいで腰が震える。湊士の唇が離れたと思ったら、すぐに熱い塊があてがわれた。

「菜々花にしか勃たないんだ。信じてくれるか？」

大きな熱杭が挿入され、菜々花を感じようとぐいぐい進んでくる。すぐに力強くガンガン打ちこまれ、臍の裏から燃えるような熱が広がっていく。

「ぁン、やっ、あぁぁんっ、立って、られな、い……やぁぁ……！」

強い擦り上げに下半身がぞくぞくする。下肢が大きく震え立っていられない。

膝が折れてくると、湊士に腰を抱えられてベッドに上げられた。仰向けにされ、彼の艶っぽい眼差しにドキリとときめいた瞬間に、挿入される。

「あぁンッ、湊士さぁん……！」

「……菜々花を前にすると理性が吹き飛ぶ。どこまでも深く求めて突き崩してしまいたくなるんだ」

いやらしい蛇の頭がゆっくり引かれ、すぐに押しこまれる。ゆっくりと長いストロークを繰り返すと愛液がごぼごぼとあふれ出した。

「俺の菜々花は、本当にいやらしくて素敵な女性だ」

互いの内腿を濡らすほどあふれた液体を手に取った湊士が、繋がった部分や互いの恥丘に塗りたくる。それが恥ずかしくて、彼の手を軽くぺちっと叩いた。

「ダメ、そんなに広げたら」

「あとで入浴したら洗ってあげる。俺が」

「洗うだけで済まないくせに……」

「大当たり」

菜々花の両脚を胸に抱いて、ぐっと身体を倒してくる。深いところをがつがつと穿たれて、意識が飛んでしまいそうなほど気持ちいい。

「湊士さぁぁん……んっ、ぁ……キモチ、イイ……」

「イきそうか？　ナカがうねってすごい。イきたいイきたいって、俺にねだってくる」

「やぁぁん……、ごめんなさぃぃ、あっああ、ダメェっ」

「謝るな。俺は嬉しいんだ。菜々花に求められるなんて、最高なんて言葉では言い表せないくらいだ」

　湊士の動きが激しくなってくる。肉壁がごりゅごりゅとえぐり回され、快感に我を忘れて湊士にしがみつき腰を跳ねさせた。

「湊士さん……そうじ、さ……好き、好き、大好きぃ……ァぁぁっ！」

「愛してる、菜々花、俺をこんなに夢中にさせるのは、生涯君だけだ」

「そうじさぁぁ……ダメェ、もっ、イク……ハァ、やああああんっ――――‼」

　嬉しくて泣き叫びたくなる言葉をもらったあとに、快楽の塊が弾ける。

　白い光が視界に広がり、柔らかな船に乗った意識が愉悦の波に漂う。そのまま流れていきそうになるが、噛みつくようなキスに意識を引き戻され、しばらく唇を貪り合った。

「夢みたい……」

　大きく跳ねる吐息、熱く火照った肌、混じり合う汗、繋がったままの出入り口は逃がさんとばかりに雄茎を締めつけ、まるでふたり、溶け合ってしまいそうなほど密着する。

　菜々花の唇をぺろりと舐め、湊士が微笑む。

「なにが、夢みたい？」

「嫌われてると思ってた。ずっと、ずっと……」

「そんなわけがないだろう」

　唇が重なる。吐息が混じり合う距離で、湊士が囁きを注ぎこんだ。

「菜々花は、俺の最愛なんだから」

愛しい人と唇を重ねる。

何度も。

何度も。

本当は愛されていたのだと知った、喜びを胸に刻みながら――。

エピローグ

週明け、休んだぶんの仕事は溜まっていたものの、清々しい気分のせいかまったく苦にはならなかった。

竹中花園との繋がりが深まったことはもちろんなのだが、垣田にも新しい発見があったのである。

迷惑をかけたといって菓子折りを持って謝りにきたうえ、垣田が強気で要求を突きつけた原因がわかったのである。

援助が入るんだから卸値を上げさせろというのは、実はどうでもよくて、長いつきあいなのに社員が結婚したというおめでたい報告をくれなかった、ということに臍を曲げていただけなのだ。

それを察した菜々花が、入籍しただけで挙式の予定も決まっていなかったし、半端なお知らせをしたくなかった。もちろん、きちんと決まった段階で挙式の招待状を送らせてもらうつもりだった。……と、説明をした。

それを聞いて機嫌がよくなり「よっしゃ、おっちゃん、たんまりご祝儀包んでやるからね！」とスキップする勢いで帰っていったのだ。

少々勢いがよすぎるが、悪い人ではなさそうである。

トラブルはあったが、大切な取引先と繋がりを深くすることができたのでよかったと思う。


よかったことがもうひとつ。

宮崎に打診したところ、彼も同じことを考えていたらしく……。

美衣子の、フローラデザイン企画、正社員採用が正式に決まったのである。

フラワーカフェの店舗も決まりそうだし、結婚式の準備も順調だし、いいことだらけだ。

(あとは、夏彦がちゃんと湊士さんのことわかってくれたらな……)

そんな不安はあるものの……。

——結婚式まで、あと一ヶ月。

＊＊＊＊＊

ファストフード店の前でスマホを確認する。

軽くため息をつく夏彦の肩に、ポンッと手がのった。

「宝来さんからの連絡はこないよ」

ビクッと身体が震える。驚いて顔を向けると、肩に手を置いているのは湊士だった。

「な、なんで、あんた……ここに」

「平日は、よく放課後にここで友だちと勉強をしているんだろう？　君はここで、宝来璃々亜さんに声をかけられたはずだ」

夏彦は唇を引き結ぶ。自分が危険な状況にあると察して冷や汗が出る。

「宝来さんに、お姉さんの引っ越し先を教えたのは、君だね？」

璃々亜がマンションに奇襲をかけたときから、湊士は疑いを持っていたのだ。

タイミングがよすぎる。

璃々亜が追い返され、すぐに夏彦が菜々花を連れ戻しにやってきた。まだ最小限の人間しか知らない新居の場所だ。

夏彦は湊士をよく思っていない。姉と結婚させるのは嫌だったとすれば、「ふたりを引き離してあげるから」と璃々亜にそそのかされ新居の場所を教えてしまったのではないか。

「進捗があったら連絡するとでも言われていたかな？　残念だが連絡はこない。その電話番号も、もう通じないだろう。なぜ彼女の話にのった？　夏彦君は、そんなに結婚に反対かい？」

璃々亜がしたことに関して、夏彦に伝える気はない。新居を教えただけであっても、そこで目的が達成できなかったことで璃々亜の行動は増長した。

自分の行動が菜々花を苦しめる要因のひとつだった。しかしそれは彼なりに姉を想ってのこと。わざわざ知らせる必要はない。

「反対に決まってるだろ……」

湊士から顔をそらし、肩にのった手を振り払う。夏彦は苦しげに言葉を続けた。

「姉ちゃんが……どんだけ泣いたと思ってんだよ。高校に落ちたあと、あんたの期待に応えられなかったって、あんたに悪いことをしたって、あんたに恥をかかせたって、……あんたに嫌われたって！」

湊士を睨みつけ夏彦は声を震わせる。

「泣いて泣いて苦しんで、姉ちゃん、おかしくなるんじゃないかと思った！　おれはガキすぎて、なんもしてやれなくて、姉ちゃんの背中にしがみついて一緒に泣くことしかできなかった！　悔しくて悔しくて悔しくて、もっと大人だったら、せめて姉ちゃんと同じくらいの歳だったら、もっとなにかしてやれたのにって……。そんなふうに姉ちゃんを苦しめた男が、いきなり嫁にする？　ふざけんな！　馬鹿じゃねーの!?　そんなの許せるか！　おまえが姉ちゃんを幸せになんかできるわけがねーんだよ！」

そんな言葉を使っちゃいけませんと菜々花に叱られそうではあるが、同時に、幼い弟にここまで想われていたことに感動して泣きそうでもある。

湊士と菜々花がかかわれなくなったあのとき、夏彦はまだ六歳だった。

六歳の男の子が、大好きな姉が毎日泣き暮らしているのを見続けた。

自分の幼さを悔やみ、……湊士を憎んだ。

夏彦の中で、湊士はずっと菜々花を泣かせた悪者だったのだ。

「あのときのことは、菜々花と話し合って誤解も解けた。次は、君にわかってもらわなくちゃならない」

「わかんねーよ、あんたが姉ちゃんをなんて……」

「夏彦君」

湊士は強い口調で夏彦を見据える。彼の本気に気圧されたのか、夏彦は口をつぐんだ。

「俺は絶対に、君のお姉さんを幸せにする。二度と、なにがあろうと泣かせないし、守り抜くと誓う」

目を見開き、夏彦がごくりと喉を鳴らしたのがわかった。

「君の気持ちを、絶対に裏切らない。必ず菜々花を幸せにする。約束する」

湊士の手が再び夏彦の肩にのる。本気が伝わってくるのだろう。夏彦は言葉を発することもできないまま姉が選んだ男を見据えた。

「お姉さんは幸せになったんだって、君に思ってもらえるよう尽くそう。そして、そう思える瞬間を感じたら……俺を、お義兄さんって呼んでくれるかな」

「なっ、ふざけんなっ」

お義兄さんの部分が照れくさかったのかもしれない。とっさに出た憎まれ口を、湊士は笑ってかわす。

「じゃあ、夏彦君。また」

ポンポンッと肩を叩き、湊士が立ち去る。

「……ふざけんな……」

力なく呟いた夏彦の脳裏では、湊士の真剣な誓いがいつまでも消えてくれなかった。

＊＊＊＊＊

――一ヶ月後、湊士と菜々花の挙式が執り行われた。

花京院コンツェルンの跡取りの結婚式である。招待客は多く、披露宴パーティーは盛大で豪華なものだった。

その中でも招待客たちの目を引いたのは、式場やパーティー会場を飾る装花の素晴らしさである。

菜々花の装花を初めて見たのだろう、垣田は感動のあまり涙を流しながら握手を求め、嬉々として装花を見て回っていた。

もちろん花も祖父である竹中と一緒に出席してくれた。花との再会に涙し、さらに竹中に「うちの花たちを美人にしてくれてありがとう」と言われ、また涙が出た。

湊士と想いがつうじて、こうして結婚できただけでも感動ものなのに、もうひとつ、予想だにしないことが起こったのである——。

「それにしても夏彦、カッコイイね～、スーツ。お姉ちゃん見違えたよ」

披露宴パーティーで湊士とともに歓談中だった菜々花は、夏彦を盛大に褒める。夏彦が学校の制服ではなく、三つ揃いのスーツで出席したからだ。

質のいいスーツなのでレンタルではないだろうと思ったら、なんと湊士からの贈り物だという。

「着てもらえて嬉しいよ。ありがとう、夏彦君。とても似合っている」

湊士も嬉しそうである。

夏彦が湊士を嫌っているのは本人も知っているので、贈っても着てこない確率のほうが高かっただろう。それなのに着用してくれたのだから、嬉しいことこのうえない。

「姉ちゃん」

「ん?」

珍しく夏彦が真面目な声を出す。珍しくといっては語弊があるが、あまり聞いたことのない真剣な呼びかけだったのだ。

「姉ちゃん、幸せか?」

「夏彦?」

「今、本当に幸せか? 泣きたくならないか?」

夏彦が心配してくれていることの意味が、なんとなくわかる。

菜々花は夏彦の両手を取り、幸せいっぱいに微笑んだ。

「とっても幸せだよ。むしろ、幸せすぎて泣きたい」

一瞬、夏彦が泣きそうな顔をした。それでも唇を引き結び、湊士に顔を向ける。

「姉を、よろしくお願いします。——義兄さん」

菜々花が息を呑む。

湊士は凛々しい顔で微笑み、ゆっくりとうなずいた。

「もちろんだ。任せてくれ」

「夏彦！」

菜々花は夏彦に抱きついて嬉しそうに飛び跳ねる。

夏彦が菜々花の結婚相手として、湊士をちゃんと認めてくれた。それがとても嬉しい。

「ありがとう……」

夏彦から離れた菜々花を、湊士が抱き寄せる。

たくさんの祝福とたくさんの嬉しい気持ち。たくさんの、幸せ。

未来へ続く光の中で、幼いころからの愛を貫いたふたりは、唇を重ねた。

幸あれ――――。

END

あとがき

最近、幼馴染ものを書いていない。そう思ったのが今回の作品を書くきっかけでした。

幼馴染はお互いのことをよく知っていますから、仲がよくても不思議ではないし恋愛感情に発展しやすいのもご愛敬です。それならヒーローに盛大に嫌われている（と思いこんでいる）お話にして、盛大なすれ違いのために不器用ヒーローに塩対応連発させよう！と、思いましたが、ヒロインに塩対応なヒーローなど私には無理でした！　結局〝脳内ヒロイン大好きすぎて上手く伝わらない溺愛ヒーロー〟になり……。いつもと同じですね。本当の嫌われ花嫁ではありませんでしたが、お楽しみいただけましたでしょうか！

いつもながら担当様にはとてもとてもお世話になりました！　今回嬉しかったのは担当様に笑って読んでいただけたことでしょうか。氷堂《ひどう》先生、昨年十二月刊に続いて、今回も素敵なふたりをありがとうございます！　カバーイラストの菜々花がもんのすごくかわいらしくて、眺めながらほくほくしていました！

本作に関わってくださいました皆様、お手に取ってくださりました皆様にも、最大級の感謝を。ありがとうございました。また、お目にかかれることを願って――。

幸せな物語が、少しでも皆様の癒しになれますように。

溺愛ヒーローが一番好きです／玉紀 直

◆ファンレターの宛先◆

〒102-0072　東京都千代田区飯田橋3-3-1
プランタン出版　オパール文庫編集部気付
玉紀 直先生係／氷堂れん先生係

オパール文庫Webサイト　https://opal.l-ecrin.jp/

Opal

嫌《きら》われ花嫁《はなよめ》なはずなのに、なぜか熱烈《ねつれつ》に愛《あい》されています!?

著　者――玉紀 直（たまき なお）
挿　絵――氷堂れん（ひどう れん）
発　行――プランタン出版
発　売――フランス書院
〒102-0072　東京都千代田区飯田橋3-3-1
印　刷――誠宏印刷
製　本――若林製本工場
ISBN978-4-8296-5565-8 C0193